U0117805

琅琅书声·声声励志

总 主 编：滕 刚
本册主编：李雪峰

東 方 出 版 社

图书在版编目(CIP)数据

小学生励志故事朗读本. 一个今天胜过两个明天 / 滕刚主编; 李雪峰分册主编. —北京:东方出版社,2010.1

ISBN 978-7-5060-3784-6

Ⅰ.小… Ⅱ.①滕… ②李… Ⅲ.①语文课-阅读教学-小学-课外读物 ②儿童文学-故事-作品集-世界 Ⅳ.G624.233 I18

中国版本图书馆 CIP 数据核字(2009)第 243730 号

小学生励志故事朗读本·一个今天胜过两个明天

XIAOXUESHENG LIZHI GUSHI LANGDUBEN YI GE JINTIAN SHENGGUO LIANG GE MINGTIAN

总主编　滕刚　　本册主编　李雪峰

策划编辑　刘智宏

责任编辑　刘智宏　邓敏娜

封面设计　傅　远

出版发行　東方出版社

地　　址　北京朝阳门内大街 166 号

邮　　编　100706

邮购电话　(010)65289539/65250042

印　　刷　北京京都六环印刷厂

经　　销　新华书店

版　　次　2010 年 1 月第 1 版　2010 年 1 月北京第 1 次印刷

开　　本　730 毫米×970 毫米　1/16

印　　张　13

字　　数　140 千字

书　　号　ISBN 978-7-5060-3784-6

定　　价　23.80 元

目录

第一辑 你就是自己的奇迹

第二辑 希望是一只美丽的风车

第三辑 唱着开心的歌谣去生活

第四辑 我知道梦想有多美

第五辑 朝着心中的光亮走

第六辑 人生其实是精彩的

第七辑 把自己推向前头

第八辑 用微笑把痛苦埋葬

第一辑

你就是自己的奇迹

NiJiuShiZiJiDeQiJi

火与水的较量

文/绘 丹

冬日，我到寒冷的北方去做客。在友人的家中，燃着一盆炭火。与空调、暖气相比，以木取暖，颇有些原始祖先的氛围。

友人家中的老爷爷向火堆里续添了几根木棒，火苗燃烧得更旺，映红了老爷爷饱经风霜的面庞。友人家中的小娃娃淘气地拿起一个水杯，向炭火盆里倒了几滴清水。水遇到火，发出“吱吱”的响声，逗笑了小娃娃。

老爷爷添木燃火，小娃娃用水灭火。就这样，火与水开始了一而再、再而三的较量。

在“吱吱”声响过后，小娃娃浇注在火中的水滴被烧热、蒸发、消失殆尽。水没了，火依旧旺盛。

小娃娃心有不甘，又向炭火倾倒杯中之水，这次小娃娃足足倒了小半杯。“扑哧”、“扑哧”，几束火苗被浇灭了。小娃娃初尝胜利的喜悦，以小将军的风姿站在了老爷爷面前。

老爷爷不动声色，用铁钩拨了拨火堆中的木棒，待更多的空气进入后，那盆炭火燃烧得更旺了。在强力火势的感召下，先前被小娃娃浇灭的木棒重新燃烧起来。这回轮到老爷爷笑了，老爷爷的大片旺火，打退了小娃娃的半杯清水！

片刻后，老爷爷又挑了几根干木棒放入火堆。这时，小娃娃的淘气游戏升级了，他随手把一整杯水全部倒入了炭火中。我真替那些火苗担心：几滴水可以被迅速蒸发掉，一杯水轰然而下，那盆炭火恐怕难以抵挡，看来败局已定了。

老爷爷没有惊慌，稳坐椅上。我再观火盆，炭火出现了局部抖动和挣扎，但很快即成燎原之势。火再度战胜了水！

老爷爷说，娃娃，我的火打败了你的水！因为我烧的信心之火足够旺，根本不在乎你那几滴挫折之水的扑打。小娃娃笑着放下水杯，乖乖地停止了水灭火的淘气游戏。

信心之火烧得足够旺，根本不必在乎挫折之水的扑打——我感到老爷爷的话意味深长。当挫折袭来时，只要鼓起信心的熊熊火焰，便足可将些许挫折的水滴烤干、蒸发、消灭。即使遭逢如小娃娃倾杯之水般大面积挫折的扼杀，只要像老爷爷那样不断地添柴扩增信心，我们就一定能够乘着强劲的火势抵挡、打退挫折的进攻，还未来一片火红。

等待一颗种子发芽

文/刘奔海

又是一个春光明媚的日子。一早起来，我就听见儿子在院子里喊："我的种子发芽了！我的种子发芽了！"我走近一看，真有一棵幼苗从土里探出头来。看着儿子兴奋的样子，我的思绪又回到了童年。

小时候，我也是个喜爱种花栽草的男孩子。每年春夏，我家小小的院子总是被我装点得五彩斑斓，散发出阵阵清香。然而，最初的三次种花经历却使我终生难忘。

那年初春，母亲向邻居要了一把向日葵籽，准备种在田地里。我突然想自己在院子里也种上几棵向日葵，便趁机向母亲要种子。母亲吝惜地给了我几颗向日葵籽，对我说："你先种上一颗试试。"我便庄严地在院里种下了一颗种子。

于是，每天早上一从床上爬起来，第一件事就是跑到院子里，在我埋下种子的地方双膝跪下、身子趴下，眼睛几乎贴着泥土，看看那一小块地面是否已经开始隆起。然而一直等了五天，地面仍然纹丝未动。我终于等不及了，刨开泥土，却发现已经霉烂了的种子。母亲走了过来，捡起那颗再也不能发芽的"种子"，说："记住！播种之前首先要选好种子。"

我点了点头，挑选了一颗饱满的种子又种入土里。

这一次我比上一次更急切，一天几次地看！三天过去了，我终于发现我整天魂牵梦萦的那块地面裂开了一条小缝，我想肯定是我的种子要破土而出了！果然，一棵嫩芽正在新奇地向外张望！我轻轻地用一根小树枝撬开土盖，帮它破土而出！然而令我难过的是，太阳一个中午的暴晒，它便萎蔫了。母亲又走了过来，她摇了摇头说："孩子，你太心急了！一颗种子在泥土里生根发芽，只有凭借自己的力量破土而出，它才能够享受灿烂的阳光。"

我又第三次种下了一颗种子。这次我把种子深深地埋入土里，耐心地等待起来。我足足等了十天，地面仍然没有丝毫反应！我疑惑地一点点刨土，发现了一棵粗壮的根苗——因为埋得太深，它蜷缩在一起，像个侏儒一般！颜色也已发黄发黑。母亲又走了过来，她叹口气，自言自语道："没用了，埋得太深了。它在泥土里挣扎得太久，再也没有机会见到阳光了。"后来，我终于种出了自己的幼苗，也终于收获了满院的芬芳！

我一天天地长大了。在后来的人生中，我常常想起母亲的那三句话。渐渐地我发现，人生的奋斗历程其实就像一颗种子发芽。要想让自己的理想变为现实，首先要选好理想的种子；又要有顽强的毅力和足够的耐心；还要注意让自己心中的种子接近灿烂的阳光——不要把目标定得太高，免得让自己在黑暗中摸索得太久。

你就是自己的奇迹

文/姜钦峰

他是个阳光帅气的小伙子，一头飘逸的长发，再加上一副墨镜，给人的第一印象总是酷酷的。从中医学院毕业后，他开了一家私人诊所，专门给病人推拿。他不仅医术精湛，而且生性乐观、爱好广泛。利用业余时间，他曾和朋友们组建了一支摇滚乐队，他担任吉他手。

一天，有个摄影家因患腰椎间盘突出，久治不愈，慕名找到了他的诊所。一来二去，他和摄影家成了好朋友，两人无话不谈。摄影家说，你爱好这么广泛，要不我教你摄影，敢不敢玩儿？他说，当然可以，有什么不敢玩儿的。第二天，摄影家就带来了一架海鸥牌单镜头反光照相机，很专业的那种。他心里有点发虚，昨天一句玩笑，没想到摄影家竟当真了。盛情难却，他只好硬着头皮学起了摄影。

长这么大，他从没摸过照相机，一切都得从零开始。摄影家很有耐心，一点一点地教他，快门、光圈、对焦、运用光线……他第一次拍完了整卷的胶卷，结果只冲印出来 19 张。但他欣喜若狂，因为摄影家说过，36 张胶卷只要他能冲出 8 张就算满分。摄影家的腰疾渐渐好转，一有时间就带着他去户外采风。他的悟性极高，摄影技艺与日俱增。在一次摄影比赛中，他的作品获得了优秀奖。在摄影家看来，他简直就是一个奇迹！

也许有人不以为然：不就是摄影拿了个小奖，有什么稀奇的？可是，如果我告诉你，他是个盲人，你会作何感想？恐怕绝大多数人的第一反应就是“不可能”。但这千真万确，他叫谈力，8岁时因为一次意外事故双目失明，现在他已经是扬州市摄影家协会会员。

熟悉照相机的人都知道，光圈和快门转盘都是一格一格转动的，手感明显，难不倒盲人。但对焦就有点麻烦，因为对焦环是无极旋转的，光凭触觉很难把握。可是谈力有办法，他在对焦环上刻了一个标记，然后在相机的固定部位再刻一个标记作为参照点，问题自然迎刃而解。退一步讲，即使对焦不准也关系不大，摄影记者经常要抓拍突发事件，根本就来不及对焦，补救的办法通常是采取“小光圈，大景深”，这样照片就不会模糊，这也是盲人摄影的一个有利条件。

网上流传着一张谈力的得意之作，照片上是他活泼可爱的女儿，仰着小脑袋，嘴巴张得大大的，灿烂的笑容惹人嫉妒，天真、顽皮、欢乐呼之欲出，无论构图还是用光，其水准都不逊于正常人。他是怎么做到的？在室外，他能感觉到阳光从哪边照射过来，然后叫女儿侧对光线站立，此时他又凭着声音来源确定女儿的方位，揣摩她的表情，适时地按下快门。就这么简单！

由此看来，盲人摄影的确不是神话。可是，依然有不少人表示质疑。他们无论如何都不敢相信，那些优秀的摄影作品会出自盲人之手。谈力反倒处之泰然：“有人怀疑并不奇怪，我从不认为这是对盲人的歧视，因为我做的事情已经超出了

他们的想象力范围。”谈力“看”到了问题的本质。

其实，怀疑谈力的人同时也在怀疑自己。在他们的思维习惯里有太多的“不可能”，许多事情还没动手做，自己先想当然地否决了，自然偃旗息鼓，不战自败。神话与现实并无界限，一百多年前，飞机就是个神话；谈力之前，盲人摄影也是个神话。记得一位大师说过，你要做的，就是比你想象得更疯狂一点儿。只要你去做，有什么不可能呢？

只要你去做，你就是自己的奇迹。

一棵草能站多高

文/包利民

我有一个朋友，大学毕业后便去深圳闯世界，在那充满梦想与挑战的地方艰难地打拼着，一度被失败击碎了心中的希望。在去年的同学聚会上，我们发现他已经重新振作起来，事业上也小有成就。

他告诉我们，在那些年里，他怀揣着梦想，在生活的最底层挣扎着。而且，他发现，在深圳，像他这样的人不计其数。他频繁地更换着工作，一次次地炒老板，也一次次地被老板炒掉。行走在人群中，他觉得自己就像一棵再平凡不过的小草，有时他会怀疑自己根本不可能长成一棵参天大树。身边有太多的人，在一次次跌碎了心中的梦想后，便卷起铺盖返回家乡了。有一阵子他也想干脆放弃，回到家乡的小城平平凡凡地过一辈子。

有一次他和老板出差，那时他已经做出回家的决定，准备完成这次任务后就辞职。生意谈得很顺利，老板兴致很高，说在这里好好玩几天再回去。郊外有一座高山，是当地著名的旅游景点，于是老板带他去爬山。当时正是初夏，大地上的碧草随风起伏。他看见这些草，不禁又联想到自己，看来自

己注定要做一辈子长不高的小草了，于是他轻轻地叹了口气。

山越爬越陡，越向上越荒凉，到了山顶，连一棵树都没有了。老板站在山顶举目四望,颇有君临天下之势。他看呆了，觉得如果自己是一棵草，老板就是一棵巨树。忽然，老板俯下身去，仔细地看着什么。他过去一看，那是一棵小草。在这光秃秃的山顶，居然有一棵小草！老板转过头对他说：“你看，在这全是岩石的山顶，小草也能生长。它现在不是比山下那些树都高吗？这草虽然小，可是在那些大树无法生长的地方，能笑对蓝天的，只是这小草！”说完，他意味深长地拍了拍我朋友的肩膀。回去的途中，朋友一直沉默着。

返回深圳后，他撕碎了写好的辞职信，全身心地投入到工作中去。两年后，他注册了自己的公司，事业蒸蒸日上。因为他心中有了个信念：自己注定是一棵能长高的草，那就要生长在最高的地方！

一个人平凡并不可怕，可怕的是甘愿在平凡中落地生根地过一生。那些事业辉煌的人和我们同样平凡，只是他们找到了最好的人生位置。只有努力地垫高脚下的路，才能在人生的制高点上绽放出最美丽的花朵！

大树底下好阳光

文/陈志宏

有一句古话流传了千百年：大树底下好乘凉。我们苦心孤诣找到一棵大树之后，乘凉成了唯一的享乐，延伸为生活的第一要义。就在我们躺在大树底下乘凉的时候，宝贵的时光悄然滑过，宜人的人生风景不幸错过，留下岁月的痕迹，空自蹉跎。

李开复费尽千辛万苦出国留洋，考入美国卡内基·梅隆大学，导师是著名科学家罗杰·瑞迪。罗杰·瑞迪是美国总统特别顾问委员会信息委员会成员、“图灵”奖获得者，师从这么一个实力派科学家，成为他的研究生，李开复不可谓不幸运。换句话说，真是找到一棵枝繁叶茂的“大树”啊。他无须出类拔萃，只要混过研究生毕业，打着师从导师罗杰·瑞迪的牌子，那还不是各大公司的“抢手货”？大树底下好乘凉啊。

然而，李开复并没有在大树底下安心乘凉，而是在大树的荫庇下，发奋学习，刻苦钻研。他一头扎到计算机语言识别系统的研究当中去，潜心研制，立志有所作为。研究进行到关键处，李开复对导师罗杰·瑞迪的方法产生了怀疑，公然拒绝了这位世界顶尖级计算机大师的指导，决定按照自己

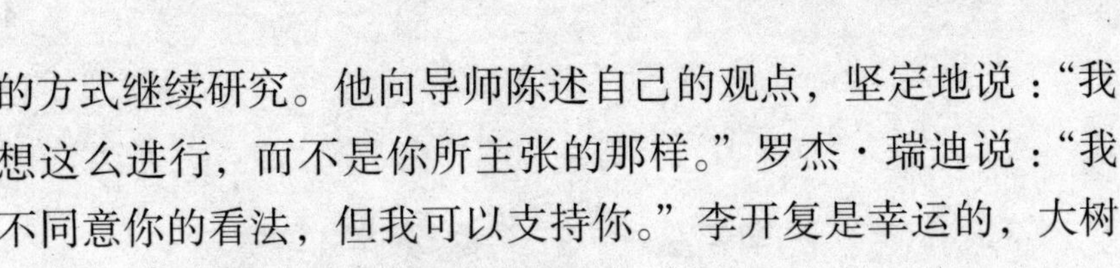

的方式继续研究。他向导师陈述自己的观点，坚定地说："我想这么进行，而不是你所主张的那样。"罗杰·瑞迪说："我不同意你的看法，但我可以支持你。"李开复是幸运的，大树自有不一样的大树风格和气度。

李开复按自己的路子走了下去，罗杰·瑞迪一如既往地给他提供最好的机器和最新的资料。老天不负有心人，李开复的研究终于有了重大突破，语言系统的识别率从原来的40%提高到80%。直到今天，全世界所有语言识别的研究都是在他开拓性工作的基础上进行的。

大树底下不仅是好乘凉,更有好阳光。在研究受阻的时候，李开复缘何敢于向世界级顶尖大师叫板？可以肯定的是，大师身上散发着阳光，更重要的是，李开复心中有阳光。

我们可以仰仗大树，我们可以依赖荫凉，但是在心中一定要预留一个位置，让阳光照进来，驱逐懒散和消沉，激发斗志和信心。

心中有阳光，人生才透亮。

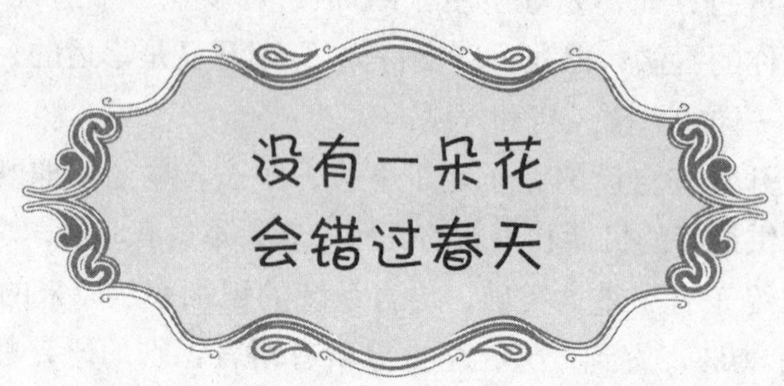

没有一朵花会错过春天

文/一路开花

她在上交的作文里这样写道："从来没有人注意过我。我的生，我的死，都与这个薄凉的世界无关。"

没有人明白，在这颗幼小的心灵中，为何会溢满那么多不可名状的哀伤和绝望。当然，她的老师也一样。

那是一位年过半百的老人，言语不多，教学经验极为丰富，但这一刻不懂得如何与这位年龄比他小了将近四十年的女孩儿尽心交流，去告诉她该如何面对生活中的悲苦。

他在陈旧的教案本背面上打了很多遍草稿，把明天要说的话一一罗列出来，整理了一遍又一遍，像研究一部旷世巨著。尽管如此，他还是觉得语言苍白无力，软弱得像阴天里的清冷雨丝。

春天的阳光依旧透过窗台，照耀在每个孩子纯真的小脸上。所有人之中，她离窗台最近，可还是心如冰冻。她没有朋友，没有疼她爱她的母亲，就连唯一对她稍好的可依靠的外婆，都在前些日子里挣扎着病故了。

她的生活一片狼藉。有同学说，她暂住了孤儿院，所有的费用都由政府承担。她得继续生活下去，得为远去的母亲

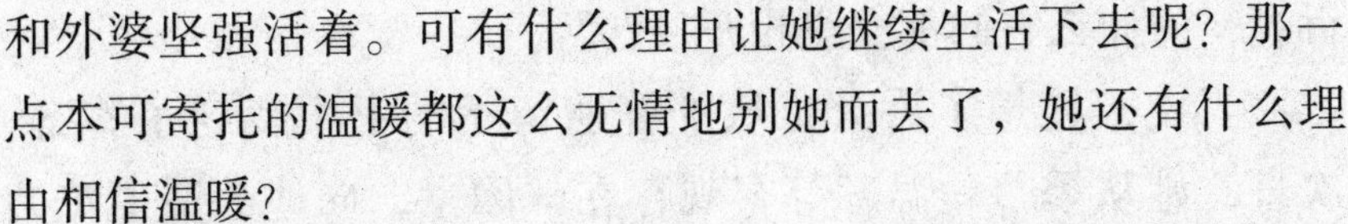

和外婆坚强活着。可有什么理由让她继续生活下去呢？那一点本可寄托的温暖都这么无情地别她而去了，她还有什么理由相信温暖？

他站在宽阔的讲台上，以最平和的语调讲完了课，宣布下午外出游玩。所有的孩子都欢呼不已，只有她，静静地眯眼歪靠在窗台上，对着路旁的野花发呆。

所有的孩子都有自己的朋友，一起游戏，分享自己的快乐。她坐在绿草之中，看着天际不断变幻的流云和地上怒放的花朵，簌簌地落起泪来。要知道，几十个小时之前，她还在恣意享受天空的云朵。

他穿过操场，气喘吁吁地来到她的面前。她侧脸抹泪后，镇定地叫道："老师好！"

"怎么不和同学一起玩呢？"他一边喘气，一边问着。

"老师，我和他们不一样，他们有值得快乐和幸福的全部理由，而我没有。"

他捋了捋花白的发，拉着她的手，走进花园深处。一阵沁人心脾的芳香从远处缓缓涌来，包围了她前行的路。他问："这些花，你认识多少？"

"大都认识。譬如，那是迎春，那是瑞香，那是玉兰，那是……"她对这些花名如数家珍。她的外婆生前爱花，因此她自小受了熏陶。

他微微笑着，看她在盘点花名的时刻中慢慢活泼起来。显然，她在环视花朵的同时，也渐渐沉浸于百花争艳的美景中。

当她气喘吁吁地将园中的鲜花点过大半时，他问了她一句："你能把此时没开的花点出几种来吗？"

她顿时被难住了。园中之花，大大小小，不下百种，却没有一种隐藏着身形，躲避阳光的。他说："想想吧，明天告诉我，为什么它们都会竞相开放？”

当夜，她想了许久，从外婆遗留下的书中找到了答案。次日，她从季节、温度等客观存在的因素，向他解说了花朵竞相开放的原因。

那个问题之后，她回到教室，如换了一个人。她主动和同学搭话，帮助他们解决难题，组织班里的课外活动，维持课堂秩序……

很多年后，她站在明媚的讲台上，成了一名优秀的人民教师。她也带她的学生去看花、点花名，也曾问过一个忧郁的孩子，为什么花朵都会在春天竞相开放？

次日，当那个孩子急急忙忙跑来要告诉她答案时，她将当年老师给她的那张纸片递给了那个孩子。

泛黄的纸片上，坚定地写着：“没有一朵花会错过春天。”

在嘲笑中前进的车轮

文/沈岳明

1781年，斯蒂芬逊出生于英格兰北部一个叫华勒姆的村庄。父亲是煤矿工人，母亲是家庭妇女，两人都不识字，在他们的结婚证书上，都是以画十字代替签名。

斯蒂芬逊和他的父母一样，从未上过学，8岁时就去给人家放牛，10岁时在煤矿上做些零活，14岁就跟随父亲到煤矿上工。由于家境贫困、出身低微，斯蒂芬逊的童年是在嘲讽和讥笑中度过的，可是他从来不把别人的嘲弄当回事。

在煤矿，斯蒂芬逊经历了最艰苦的劳动，于是他下定决心：一定要发明一种能够不用人力运煤的机器。1801年，英国人特勒维制造出第一种蒸汽机车。这部机车在试车时不是在铁轨上，而是在马路上。很多人嘲笑特勒维说："你的火车，还不如我的马车跑得快呢！"特勒维一生气，便不再去研制火车了。

斯蒂芬逊却来了兴趣，于是他找到特勒维，要跟他学习研制火车。特勒维说："你如果不怕被人嘲笑，就一个人去研制火车好了，我是再也不会干这样的傻事了。"斯蒂芬逊想，煤矿上的蒸汽机能把深井里的水抽上来，特勒维制造的机车能拉得动十几吨重的东西，这力量是从哪里来的呢？他仔细观察，反复思考，终于悟出了其中的奥秘。原来，火车拉得多、跑得快，全靠着“大力士”蒸汽机。

为了掌握蒸汽机的原理，斯蒂芬逊不怕吃苦，长途跋涉，步行一千多公里，来到瓦特的故乡苏格兰，在那里整整学习、研究了一年。斯蒂芬逊在总结和掌握了前人制造蒸汽机车的经验教训以后,终于在1814年制造出了他的第一台蒸汽机车——“布鲁海尔”号。

同年7月，斯蒂芬逊进行了第一次试车。这辆火车头运行在平滑的轨道上，载重30吨，牵引着8节车厢，行驶时不会脱轨，但行驶的速度很慢。由于没有装配弹簧，车开起来震动得很厉害。

观看试车的人们议论开了。有人讥笑斯蒂芬逊：“你的车怎么还不如马车跑得快呀？”有的人说：“你那玩意儿拉东西不中用，可声音比打雷还响，把牛马都给吓跑啦！”一些原来赞成试验蒸汽机车的官员，现在也开始反对了，断言用蒸汽机车做交通工具是不可能的。

斯蒂芬逊并没有因为试车的不理想而气馁，他又对火车头继续进行研究和改进。1825年9月27日，斯蒂芬逊制造的“旅行1号”机车，在斯托克顿—达灵顿铁路上试车。许多人都替斯蒂芬逊担忧，怕他这次的试车再遭失败，但更多的人在等着看他的笑话。

只见斯蒂芬逊操纵着机车，蒸汽引擎吸入大量气体，又放出部分蒸汽，呼呼作响。人们纷纷避闪，老人、妇女和儿童惊恐万分，都认为机车即将爆炸。观察了一会儿，见没有什么动静，才又走近观看。紧跟这辆火车之后的是4节由马匹牵引的车厢，上面也坐满了工人，使众人清楚地看到了两者力量的优劣。

这就是世界上第一条公用铁路，而奔驰在它上面的火车，也就是当时轰动了英国和欧美的“怪兽”。这次试车的成功，使铁路运输登上了历史舞台。

然而依然有人惊恐万状，极力反对。当时，就有一家美国报社发表文章说：“本社已数次撰文，坚决反对铁道计划。要知道，火车的响声巨大。其结果，首先将使牛受惊，不敢吃草，从而牛奶没有了；鸡鸭受惊，从而蛋也没有了。况且火车烟囱里毒气上升，将杀绝飞鸟；火星四散，将招致火灾；倘若汽锅爆炸，则乘客将惨遭断手折骨之祸。”这些反对论调，依然无法阻止火车的飞速发展和人类文明的车轮飞速前进。

人生中，有的人在嘲笑中退却，而有的人却在嘲笑中前进。退却者的名字叫失败，而前进者的名字叫成功。

断翅王蝶的飞翔奇迹

文/黄兴旺

为躲避加拿大和美国的冬季严寒，数以亿计的王蝶每年都要南迁到墨西哥的温暖森林里繁衍生息。在超过五千千米的迁徙路上，一对健壮有力的翅膀，是每一只王蝶穿越艰难险阻的生命之帆。

2008年11月，墨西哥昆虫学家梅里在对美洲王蝶进行研究时，偶然发现了一只奇特的王蝶:它的翅膀本来已经折断了，却被人为修复过。让这只本来会夭折在飞行路上的蝴蝶，奇迹般地飞到了墨西哥。是谁拯救了这亿万大军中的一只弱小的生命？

梅里把自己发现这只王蝶的经过，发在了互联网上。一个星期以后，他收到了一个叫做勃兰特的美国人的回复。勃兰特的叙述揭开了这只王蝶的飞翔奇迹。

2008年10月中旬，勃兰特在骑自行车回家的途中偶然发现路边有一只飞不动的蝴蝶。当他凑近蝴蝶时，才发现它的翅膀已经折断,再也无法飞行了。勃兰特把它装进一个空水壶里，带回家后用腐烂的梨和自制的稀释蜂蜜细心地喂养它。几天以后，这个蝴蝶的体力得到恢复，但却因为翅膀破损，依然

无法飞翔。

如何能让断翅的蝴蝶重新飞起来成了勃兰特的一个难题。他在网上发帖求助，佛罗里达州的美洲王蝶基金会听说这件事后，立刻向勃兰特发了一个详细演示修补蝴蝶破损翅膀的视频。

勃兰特成功地修复了蝴蝶的翅膀，可是当他想将蝴蝶放飞时，天气却变得很冷了。如何能让蝴蝶到南方去过冬，这又成了勃兰特的一个难题。

勃兰特把蝴蝶装在一个鞋盒里，然后到高速公路边的一个卡车停靠站，寻找南行的卡车司机。过路的司机们听到勃兰特的述说后，都希望能为这只蝴蝶尽一份力量。最终，他们联系到一位前往佛罗里达州的卡车司机，蝴蝶随卡车上路了。两天以后，这位司机终于追上了正在南迁的蝴蝶大军，他在佛罗里达州放飞了蝴蝶。

救助和关心过这只蝴蝶的人们一直为它祝福着。当听说梅里在墨西哥发现了这只蝴蝶时，他们都很激动，每个人都认为这是一个生命的奇迹。而对于听到这个救助故事的梅里，更是惊叹不已。他认为，创造了这只蝴蝶飞翔奇迹的，除了它自己的努力，更有无数人的爱心。

乞力马扎罗山的豹子

文/李雪峰

在非洲之巅乞力马扎罗的雪山峰顶上，有一座又小又简陋的宫殿。由于海拔太高，很少有人到这里来。

20世纪初，当一支登山队冒着高寒身疲力竭地登上乞力马扎罗，走进这个低矮而简陋的宫殿时，他们大吃了一惊，因为在这个不大的宫殿里，他们发现了一只斑斓的豹子。他们小心翼翼地接近这只看似威风凛凛的凶猛豹子，它俯卧在地上，两条后腿蜷伏着，两条短粗有力的前腿支撑起它那不屈而机敏的脑袋，一副蓄势待发的样子。

登山队员看了半天才突然发现，这是一只死豹子，并且是死了很久的一只豹子。它的躯体早被冻得坚硬如石了，就像一尊附着了皮毛的坚硬冰雕。

人们很奇怪：它不是一只雪豹，它是一只很普通的豹子，在高寒地区，这样的豹子几乎是绝迹的。那么，它是如何闯进高寒的乞力马扎罗山脉，又是怎样跨上这非洲之巅乞力马扎罗峰顶的呢？因为，5000米以上的海拔区域，除了皑皑白雪和嶙峋的怪石，已经没有什么草、树木和动物，甚至连一只飞鸟也没有，那么这只豹子是为什么来到这乞力马扎罗的

峰顶呢?

是为了寻觅它隐身的丛林?但是这山上没有树，甚至也没有草。

是为了捕获用以果腹的猎物?但是这终年白雪皑皑的山上，没有豺狗，没有走兔，甚至没有一只鸟。

它是迷路了?那么凭它的敏捷和矫健，它随时都可以逃离这冰天雪地高寒的世界。

登山队回来后，欧洲的动物学家、社会各界就开始对这只豹子展开了激烈的争论。众说纷纭了将近一年，大家才一致同意了以下说法：那只乞力马扎罗顶峰的豹子是在挑战自己生命的极限，它是为了验证自己生命的征服力，所以才在终年积雪的乞力马扎罗山巅之上殉道了。

这种结论让所有的欧洲人顿时对这只乞力马扎罗山的豹子肃然起敬。大家纷纷约定，谁也不能擅自带走那只死在高山之巅的豹子，就让它永永远远留在乞力马扎罗山上，作为生命无畏的一种图腾，作为精神的一种象征，接受灵魂的洗礼和深深膜拜。

这只殉道在乞力马扎罗山上的豹子，至今仍然是欧洲人甚至整个人类时时记起的一种伟大的骄傲。

生命没有高下，人生没有尊卑。当你用生命书写灵魂的时候，人们就会在心灵中为你留下一个高贵的位置——不管你是一个普通人，还是一只豹子，甚至一只昆虫。

花开的信念

文/若 荷

阳台上种了好多花。有一天，花盆里竟然长出几棵草。有几次想拔掉，但忙起来就忘记了，直到小草长高，叶子寸长，草茎的顶端现出洁白的花蕊，一簇簇，一串串，如豆粒一般，凑上去闻闻，有一丝淡淡的香。

相比盆花中的艳丽，细碎的草花洁白静雅，与之有着迥然的差别，像红花的点缀，又像绿叶的陪衬，我却叫不出它们的名字，说不上它们真实的来历，只叫它们“小草花”。它们用卑微的生命，证明了自己的存在。

看到它，就想起一个女孩，十八九岁，在一家书店工作。因为喜欢买书，我经常去那个书店。书店不大，图书也不是那么齐全，然而里面的图书，总会有我喜欢的。每天从那里路过，有时就留下脚步走进去，买几本喜爱的书放于案头。卖书的女孩，一副乡下女孩的打扮，举手投足，些微拘束，只是眼神里的表情，那么清纯无瑕。

书店规模小，工钱一定也不是多高，但她说，自从上班的那天起，就喜欢上了这个工作。每天只要不忙，她的手头总会摆着几本书，散文、小说，或者一些科普书。无聊的时间怎么才能打发呢？打手机，发短信，或者和顾客聊天，看马路上的各色人等走来走去，探头探脑？

然而，她不，这些都不是她的爱好，她只选择了读书，空暇的时候静静地读。听她说，高中毕业，她因为几分之差高考落榜，这时候，父亲却查出患了癌症，花了许多的钱都没有治好。父亲去世后，母亲也病倒了。没有了经济来源，高考也只好放下，托了亲戚进城打工，准备自己挣上学费，再回校复读。

可想而知，这个书店对她是多么重要。不说工钱，单说这么多的书，近水楼台，以及那么空闲的时间，对她来说已经够好。那些读书的时间，她再也不用一分一分地算，一秒一秒地计，而是拥有着整个的春夏秋冬。

柜台前，经常和她谈起家常。她告诉我，她已和老板商定，再干三个月就回家复读，并许诺几年之后，一定要再回这个小城，用自己的智慧和劳动赚钱，并努力创出一番事业。信念，站立春天的心头，一如雨后春笋，锐意生长。这是一条开花的路啊！我欣赏地，送她一个赞许的微笑。

几年后，我真的又遇到了她，不是在原来的小城，而是在省城一家大公司里。我奔波着帮朋友跑一笔业务，而她正是那家公司的部门经理。在租住的房子里，她说自己升职了，她把母亲接到城里，是因为考虑以后工作很忙，怕自己照顾不过来，对工作有影响。

生活中，有很多这样的女孩，在不为人知的日子里，努力寻求着自己的路，哪怕再苦、再累，都默默承受、乐观对待。每当想到那个卖书的女孩，我就联想起那棵小草花，那浅靥般的微笑的花朵，分明在告诉我：我卑微，但是我倔强，我生长，我向上，总有一天，会迸发出绚丽的光彩。

第二辑

希望是一只美丽的风车

XiWangShiYiZhiMeiLiDeFengChe

希望是一只美丽的风车

文/古保祥

有位哲人说过：生命原本是一个不断受伤又复原的过程。因此，每当想起往事，我的心中总会充满莫名的感慨。许多回忆像微笑一样，带着一份阳光般的温暖和感伤，让人难以忘怀。

18岁那年，我没能冲上那座梦想了几千个日日夜夜的独木桥，望着桥上那些意气风发的同窗好友，我的心剧烈地疼痛着。

有一个星期，我始终活在高考失败的阴影下，索性关了门，谢绝所有的人，包括我的父母亲，一个人躲在自己的小屋里独自垂泪。那时候，我觉得上天对我太不公平了，为什么那么多人都冲过了最后的防线，而比他们优秀的我却跌倒在战场上？一向自信的我，从来没有受过如此的打击，难道命运如此捉弄人，注定我终究走不出这生我养我却囿人视线的村落？

一天下午，父亲可能怕我闷坏了，要我去外面走走，我很不情愿地答应了。这么多天来，父亲从来没有责备过我，也没有像母亲那样苦口婆心地劝我。他只是一个劲儿地抽烟，一根接一根。

我们走在林边的小路上，父亲不说一句话。刹那间，我注意到父亲似乎苍老了许多。路边，一群小孩子拿着风车，这种纸做的迎风转动的玩意儿是我小时候经常玩的玩具。由于没有风，我看见他们一个个哭丧着脸。父亲走到他们面前，问："你们为什么不玩风车？""没有风，风车不会转。"一个小孩稚嫩的声音响起。"我告诉你们，如果想要风车转动起来，你们不能在这儿等风，风是不会说来就来的，你们必须跑动起来，你跑得越快，风车就转动得越快……"父亲语重心长地对他们说，同时回过头看了我一眼。那几个孩子举着风车跑了起来，而那风车，由于受了外力的影响，越转越快，并伴着孩子的欢声笑语渐行渐远。

我忽然明白了父亲的良苦用心，他用一个极其平常的道理告诉我：我不该这样沉沦下去。整日生活在失败的阴影下，只会裹足不前。我需要的是跑起来，启动生命的风车，让它转动起来，这样，我才会有成功的可能。

原来，希望本身就是一只美丽的风车，而如果想让风车转动起来，必须依靠风。但风不是时时刻刻都有的，它就像人生的机遇，稍纵即逝。在没有风的情况下，要让风车转动起来，唯一的办法就是跑起来，跑得越快，你就越能接近成功的彼岸。

从那天起，我从迷惘中苏醒过来，重新拾起书本，走上了自考的道路。两年后，我拿到了自考的大专毕业证，那一刻，我泪流满面。

现在，我坐在舒适整洁的办公室里，想起父亲的话仍会感慨万千：要想让风车转起来，你自己必须先跑起来，你跑得越快，风车就会转得越快！

慢慢地走上峰顶

文/崔修建

纷纷扬扬的大雪接连下了一周，厚厚的积雪淹没了通向山顶的路。住在山脚下宾馆里的他，望着窗外乌蒙蒙的天空，焦躁不安地在大厅里走来走去，心里暗暗地抱怨着天公不作美，让他这一次登顶的计划不知又要推延多久。要知道，他已经登上了好几座著名的高峰了，眼前这座高峰或许是他最近几年里最大的目标了。“年轻人，为什么不好好地欣赏欣赏眼前的美景呢？”一位老人走到他的身旁。

“我的目标是登上峰顶，而不是在这里看什么风景。”他不以为然道。

“登上峰顶又为着什么？”老人慢条斯理地问道。

“享受登顶的快乐呗。”他不想向老人讲述那份特有的幸福，就像垂钓者看到鱼漂晃动时一样，那是言语所无法形容的。

“那为什么不好好地品味品味慢慢走上顶峰的快乐呢？”老人依然不紧不慢。

“慢慢地走上顶峰怎么会有快乐？”年轻气盛的他恨不得一步跨出两步的距离。

“有的，小伙子。年轻的时候，我也跟你一样，以为快速地完成自己想做的事情，是有本领，是最开心的成功。后来，我才知道——慢慢地成功，有时也是一种幸福，甚至是一种更大的幸福。”老人接了一个电话，向他挥挥手，慢慢地朝宾馆外面走去。

一个服务生走过来，向站在那儿正回味老人刚才那番话的他，说出了一个让他有些不敢置信的名字。没错，那位老人就是当今蜚声国际画坛的著名画家，他的一幅油画刚刚在法国拍出 600 万欧元的天价。

“你知道吗？他是一个天生的色盲。”服务生轻轻的一语，响雷般地震住了他。

“绝对不可能？他的绘画一向是以色彩绚丽著称的啊。”他无法相信服务生的话。

“这是真的，你看看他给我的签名和留言。”服务生拿出一个签名本，他看到了那个曾在画册上见到的个性十足的签名，还有签名上面的一句赠言——慢慢地走向成功。

“这就是他成功的秘诀。他 15 岁开始画画，55 岁才卖出自己的第一幅画。当初，没有一个人看好他，都认为一个色盲是不会成为一个优秀的画家的。可是，他相信慢慢地走向成功，更喜欢在走向成功的路上欣赏那些别人忽略的风景……”服务生一脸崇拜地向他讲述着老人的轶事。

“你怎么知道这些？”他还是有些疑惑。

“因为他跟我爷爷是邻居，我爷爷是一个聋子，可他的二胡拉得远近闻名，他们都懂得一点一点地去做事，日积月累，慢慢地就走向了辉煌。更重要的是，他们似乎并不看重我们敬慕的结果，而是对一路走来所经历的风风雨雨，有着一份特别的感情。因为有一份热情的投入，有一份认真的沉浸，更有一份从容的品味，那些过往的日子才变得特别的有意思，特别的耐人咀嚼。”受了熏陶的服务生，话语中也多了一些人生感悟。

哦，这些年来，自己忙忙碌碌地赶路，急切地一次次地向顶峰奋力攀缘，却忘了留心欣赏山脚下和沿途的那些美丽的风景……陡然，他醍醐灌顶般地明白了老人刚才那句“慢慢地成功，也是一种幸福”的深邃内涵。再次将目光投向窗外悠悠的雪花，他心轻如燕，有诗意如茶，簇拥而来。

矢车菊开遍德国

文/李丹崖

恐怕没有人会相信，一朵花竟然能拯救一个国家！

这是德国历史上一次影响深远的内战。在这次内战中，由于德国王室危在旦夕。迫使王后路易斯不得不带着两个王子逃离柏林。屋漏偏逢连夜雨，谁也没有料到，在逃离途中，他们的车子竟然毁在半途。迫不得已，王后连忙吩咐随从把车子隐蔽起来加紧修理，她则带着两个王子下车藏在了一片人迹罕至的花丛背后。

那是一片蓝色的花海，一朵朵矢车菊恣意地绽放在花丛中，煞是可人。两个王子高兴极了，纷纷挣脱母亲的怀抱在花丛中嬉戏。王后路易斯也是一个爱花之人，她也加入到了孩子们的队伍中，五分钟后，她用自己灵巧的双手编织成了一个矢车菊花环，然后亲自给 9 岁的威廉王子戴在项间。威廉王子非常喜欢矢车菊，就拉着妈妈到花丛中去观赏。

此时，正值矢车菊花盛开坐果的季节。不想这时候却遭遇了连绵的阴雨，向来爱惜花草的威廉王子心疼坏了，心想，这下子肯定要有许多矢车菊惨遭灭顶之灾！然而，几天后，笼罩在威廉王子脸上的阴云不见了，他竟然破涕为笑起来。原来，经过几天的观察，他们发现这种果实很特别，顶部长满了毛茸茸的伞状物。天气干燥时，这些毛会在阳光的照耀下张得很开，这种茸毛的力量有足够大，以至于能把整个果实都撑起来;但是，若是遇见阴雨天，被打湿的茸毛就软了，果实呢，则趴在了地面上。再到天晴的时候。茸毛中的水分被蒸发殆尽，伞状的茸毛就再次张开，然后，令人惊奇的事情出现了：这些茸毛居然撑起并抬着果实向前移了一点……如此反复，这些茸毛就如同轿夫一样把果实一点点抬远，到远处去寻找可供自己生长的地方。

路易斯王后经过仔细观察后，为矢车菊这种顽强的繁殖和延续的方式给惊呆了：原来，矢车菊不光没有被恶劣的天气打倒。与之恰恰相反的是，它们借助恶劣的天气成就了自己的繁衍"大业"！她把矢车菊的秘密讲给了自己的儿子们听。哪知道，这时候威廉王子早已经对矢车菊的"成功秘诀"心领神会，竟然破天荒地说："我也要做一朵矢车菊！"

若干年后，威廉王子突破了重重艰险，终于成为统一德国的第一个皇帝！由此,那些在关键时刻激励他不屈不挠的"幸运之花"矢车菊被推为德国国花。如今，只要你徜徉在德国的乡间小路上，随处都可以看见一丛丛矢车菊绽放在微风中，并散发出迷人的芬芳……

激励人生

文/李雪峰

1944年，美国洛杉矶郊区一个没见过世面的15岁少年约翰·弋达德在《一生的志愿》表格上认认真真填上了这些项目：到尼罗河、亚马孙河和刚果河探险；登上珠穆朗玛峰、乞力马扎罗山和麦特荷思山；骑大象、骆驼、鸵鸟和野马；探访马可·波罗和亚历山大一世走过的道路；主演一部《人猿泰山》那样的电影；驾驭飞行器起飞降落；读完莎士比亚、柏拉图和亚里士多德的著作；谱一首乐曲，写一本书……

约翰·弋达德在《一生的志愿》表格上共填上了127个目标。写完后，他将每一项都编上号说："这就是我的生命志愿，我要用自己的生命去完成它！"当时，不仅约翰·弋达德的同学和朋友认为这不过是约翰·弋达德的痴人说梦，就连他的祖父和父亲都笑他说："孩子，你知道一个人的一生能做多少事吗？别说你有这么多愿望，只要你一生能做完其中的三五项就十分的了不起了。"

但约翰·弋达德说："相信我，这些愿望对一个人的一生来说并不算多，我会一一完成给你们看的。"

18岁那年的秋天，约翰·弋达德就踏着落叶离开了自己

的家乡，开始去实践自己那一大堆的人生梦想了。在亚马孙河探险时，他几次船毁落水，差一点就葬身水底；在刚果河探险时，他几次遭遇鳄鱼的袭击，几次都差点葬身鱼腹……

但约翰·戈达德并没有因此而停止追逐自己人生志愿的脚步。他自信地说："上帝给了我这些人生的志愿，我就相信自己一定能够完成它！"现在，经过二十多次死里逃生后，约翰·戈达德填在《一生的志愿》表格上的 127 个愿望已经完成了 106 个。见多识广的约翰·戈达德深有感触地说："人生就是目标，目标越多越艰巨，你的人生就会越具动力越辉煌。就像一个人，你只让他耕 1 英亩地，同让他耕 10 英亩地所激发出来的生命能量是绝对不一样的！"

人生就是目标，目标是一种心灵的激励。目标太小，生命可能就只是一节电池的能量，而目标远大，生命就会有无法想象的核能。激励我们自己的心灵，以最远大的目标，激活我们生命最大的能量，才能创造出我们自己人生的奇迹。

黑暗里的舞者

文/何君华

当我听到周围的同学高声议论小沈阳现在的出场费竟高达六位数时，我选择了沉默。

我想这一切都是他应得的。毕竟，他也曾是黑暗里的舞者。

我清晰地记得，小沈阳去年冬天来我们的小城演出时，巨幅海报上印着票价几十元时依然观众寥寥，而小沈阳不得不在冷清的演播大厅里同样卖力地演出。没有镁光灯，没有万众目光的聚焦，小沈阳是黑暗里的舞者。

姑且不去谈论小沈阳的雅与俗吧！至少，他曾努力，他曾一直在舞台上坚持自己的艺术追求，孜孜不倦，矢志不移。哪怕没有观众，没有人捧场，他也不曾放弃自己的梦想。

去年还无人问津的小沈阳，仅仅经过了一个冬天，如今已是一举成名天下知。

真的是一夜成名吗？

不是的。谁不懂得“台上一分钟，台下十年功”的道理！

所以，他如今获得的，都是他应得的——如今的成就是他在黑暗中默默追求，一点一点攒下的。谁都有追求梦想的权利，一个黑暗里的舞者，终有万众瞩目的时刻。

由此我想到了王宝强，那个被工友无情地奚落和嘲笑，被剧中人打得鼻青脸肿、遍体鳞伤依然风雨无阻地去北影厂门口等机会的农民工，那个在黑暗中默默起舞的孤独舞者，终于在镁光灯聚焦在自己身上的时刻，露出了最美的笑容。

谁又不是呢？谁不曾是黑暗中的舞者？谁可以随随便便实现自己的梦想？谁可以在成功的路上一蹴而就？

没有。

我们唯有努力。谁都必须习惯黑暗。毕竟，在黎明到来之前，是漫长的黑夜。

不要抱怨成功总是降临在别人头上，而自己总是茫茫人海中那个倒霉的失意者。我们都是黑暗里的舞者啊！默默起舞吧，终有一天，在灿烂的光亮下，我们会展示出最曼妙的舞姿！

不知哪位哲人曾说过："如果你的梦想说出来不被人嘲笑，那么，这个梦想就没有追求的必要。"是啊，在我们周围，有多少人在嘲笑你的梦想？有多少人还在对你进行无情的打压和奚落？不要在意这些，亲爱的朋友，终有一天，你也会是最美的舞者！

2008 年最后一个周末的傍晚，我和友人在一家旧书店抱回厚厚一摞书。我们冒着刺骨的寒风和无边的黑夜一步一步从书店走回来，心里却充满了光明：明天，一个崭新的春天就要来了！

我在书的扉页上郑重地写下尼采的一句话：受苦的人没有悲观的权利。

所以，乐观吧朋友！黑暗里的舞者，终会在光明中舞步如梦！

50年的坚守

文/尹玉生

有一个小男孩，几乎所有认识他的人，都知道并认定他是一个智力低下的落后生。即使到了中学八年级，他的各门主科仍然没有起色：拉丁文、代数、英文全不及格，物理竟然考了零分。小男孩设法挤进了学校的高尔夫球队，但却在本学年最重要的一次高尔夫比赛中输掉了，小男孩备感凄惨。

同学们不只是不喜欢他，而是从来就没有注意到他，就是在大厅里遇到他，一句“哈啰”都极为罕见。所幸的是，在这些挫败之外，小男孩还有一样聊以自慰的东西：他酷爱的绘画。尽管在中学期间，他提供给年鉴的漫画全被拒用了，小男孩依然坚信自己的艺术天赋，等他一告别学校，便斗胆来到迪斯尼工作室，向他们递交了自己的绘画作品。“我很希望我能在这里。”他说。迪斯尼工作室有关人员非常欣赏他的作品，当场就拍板想聘用他。但事实是，他再次遭到了残酷的拒绝。

历经一次次挫败，小男孩并没有放弃。他决定用卡通的方式来记述自己的遭遇——一个在所有人眼中的失败者和一

无所成者。

这个小男孩名叫查尔斯·舒尔茨，后来成为风行了世界长达50年的史努比的永远的父亲，大名鼎鼎的“花生漫画”的作者。

生活中，我们常常感到自己的平凡和庸常，大街上整天穿梭着成百上千的人，商场里也终日是熙熙攘攘的人流，可没有人会关注你，你也不会去关注别人。每个人都是这样，有时候会觉得自己平凡渺小，有时候又会觉得自己不同寻常，甚至是独一无二。

绝大多数的人通常都和查尔斯一样，没有机会也没有舞台去展现自我。这时候绝大多数人便只好默认了自己的一无价值普普通通，进而觉得自己甚至没有能力可以放好一只风筝。

其实，查尔斯也是这样。他与大多数人唯一的不同在于，他用50年的时间坚守了自己的那份天赋。

成功是苦难开出的花

文/清 山

2008年北京奥运会，男子足球决赛在阿根廷和尼日利亚两队之间展开，结果凭借天才少年梅西的一记妙传，阿根廷队打开了胜利之门，最终夺得了奥运男足冠军。其实年少成名的梅西成长之路并不平坦。

梅西出生于阿根廷罗萨里奥中央。虽然其名字在西班牙语里与“狮子”的拼写相近，但梅西清秀的面容看上去一点也没有狮子的杀气，而更像是一个天使。由于对足球的热爱，从5岁开始，梅西就在父亲执教的格兰多利俱乐部踢球，并在足球方面展现了超人的才华。8岁的梅西转往纽维尔老男孩队接受正规足球训练，并在那里打下了良好的足球基础。

正当他对未来充满无限美好的憧憬和向往时，不幸的事情发生了。在他11岁时，医生诊断出他患有发育荷尔蒙缺乏综合征，这影响到他骨骼的成长发育。几乎可以断送他的踢球生涯。

虽然此时阿根廷著名足球俱乐部河床队被他的足球天赋打动，但由于缺乏足够经费为其支付每月500英镑的治疗费用，不得不忍痛割爱。

在球探的引见下，梅西举家迁往巴塞罗那碰碰运气。梅西不畏病痛，在足球场上显露出的天赋和灵性令人目瞪口呆。转机在巴塞罗那体育经理观看梅西比赛后出现，前者决定为梅西支付所有治疗费用。2000年，西甲豪门巴塞罗那俱乐部毫不犹豫地签下了当时无法确定能否摆脱病痛困扰的梅西，并安排他接受一流的治疗，结果梅西不仅战胜了病魔，还在2004年成为历史上代表巴塞罗那一线队参加正式比赛最年轻的球员。随后的短短几年，梅西通过令人叹为观止的杰出表现，迅速蹿升为一名超级明星。

2007年4月18日，梅西在对赫塔费的国王杯半决赛中攻入2球，其中一球像极了马拉多纳1986年世界杯上对英格兰攻入的“世纪进球”——同样狂奔62米，同样晃过6名球员，在同样的地方以同样的角度破门，他无与伦比的踢球技术和1.69米的身高很容易让人联想到马拉多纳，媒体开始称呼他“梅西多纳”。

事实上梅西不仅有马拉多纳那样在赛场之上过五关斩六将直捣黄龙的本领，还曾经在比赛中“复制”过马拉多纳的“上帝之手”。如今梅西在世界足坛受瞩目的程度已经超过了当前两大足球明星卡卡和罗纳尔迪尼奥，被广泛认为是巴塞罗那和阿根廷国家队未来十年的领军人物。

梅西化蛹为蝶的成功，除了天赋之外，更离不开他对足球的热爱和为此作出的不懈努力。在走向成功的道路上，每个人都要面临许多磨难和挫折。成功者之所以成功，只有一条理由，那就是能够坦然面对并跨越人生中的种种苦难与障碍，因为成功只有经过苦难的洗礼才能够开出最美的花！

人生的美丽需要精雕细刻

文/绿路行者

小雅的父母都是搞文艺工作的，因此希望她能在文艺上有所成就，从小就把她送去学舞蹈。

一开始，小雅充满着好奇与新鲜。她看到师姐们在流光异彩的舞台上时而像鲜花次第开放，时而像小鸟在天空展翅翱翔，有的还在全国的比赛中捧回让人羡慕的金奖……让年幼的小雅羡慕而又向往。

小雅愉快而又投入地开始了她的学舞生涯，可是很快她就发现学习舞蹈远不像她想象的那么甜蜜和浪漫，相反，充满了痛苦与辛酸。撒腿时，那种撕心裂肺的痛让她泪流满面，高难度的训练也让她痛苦不堪，还有少许离家的寂寞和无助，这一切都让她感觉无法承受。

在接下来练功的日子里，她脸上甜甜的笑容不见了，取而代之的是不停的哭泣。想想也难怪，一个刚几岁的女孩子，要承受像大人一样的艰难。所以她在一次与老师的争执中后跑回了家。

父母把她送回来，她再跑回去。反复几次，父亲生气了，狠狠地打了她一顿。她一赌气来了个不辞而别，独自跑回了

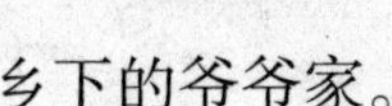

乡下的爷爷家。

小雅的爷爷是个石匠，但不是普通的石匠，确切地说应该是个民间雕刻艺术家。

爷爷看到小雅独自跑来，吃了一惊，再看她脸上的泪痕，便已明白了几分，再加上小雅断断续续地讲述，他知道孙女遇到了她自己不能突破的瓶颈。于是，就没有勉强她回家，而是让她留下来住上一段日子。

小雅开心地在爷爷家住下，然后每天跟着爷爷到他的作坊里看他雕刻东西。小雅非常奇怪，为什么一块块普普通通的石头，在他手里都能变成石牛、石獬、石狗、石人等精巧美丽的工艺品，就忍不住问爷爷。

爷爷没有回答她的问题，而是反问她：你说石头有没有生命？小雅摇摇头说,没有。爷爷说,不对,石头也是有生命的，你看我在雕刻的时候，纷纷掉落的石屑便是它们的眼泪，那遇到打击时迸出的火星便是它们委屈时的愤怒。爷爷用手往地下一指，你看，有的石头不能忍受这样的痛苦，便成了废品。小雅看了看地上那堆碎石，若有所思。

爷爷站起来说,你跟我来。小雅跟着爷爷走进他的展览室。她看到了一个令她叹为观止，美轮美奂的石雕世界，那些作品，一个个栩栩如生，不，不是栩栩如生，简直就是活的，它们充满了灵气和生命，在爷爷精心设计的背景下仿佛构成了一座灵动的石雕生命舞会。

爷爷说，这些作品是经过一番精心打磨的，所以才会成为美丽的工艺品。其实人生也如石雕，每个人都像一块石头，要绽放自己的美丽，必须要志注于一行，忍受痛苦，精雕细刻才行！

小雅点点头，对爷爷说，我明白了，这就回去继续学习舞蹈。爷爷捋着胡子微笑。

给生命一个期限

文/薛 峰

海獭是一种非常有智慧的动物，它非常喜欢吃硬壳动物，如海胆、贻贝、蛤子等。而这些小动物都有很坚硬的外壳，海獭的牙齿根本无法咬碎它们。聪明的海獭想到了更坚硬的石块。它们在海底抓到海胆，游到水面后仰躺，把随身携带的方形石块放在胸脯上作砧板，然后抓住海胆使劲往石头上撞击，直到壳裂肉露为止。

海獭的睡觉也十分有趣，首先它们寻找海藻丛生的地方，先是连连打滚，将海藻缠绕在身上，然后枕浪而睡，这样可避免在沉睡中被大浪冲走或沉入海底的危险。海獭的这种睡觉模式还可以有效地抵御来自岸上的敌害威胁。睡觉时，如果受到敌害的来犯或者受到惊扰，它们便会立即潜水逃跑。

海獭平时还很爱臭美。它的一生除了觅食和休息以外，总是用相当多的时间来梳理、舔擦自己。其实，它的这种“梳妆”是为了自己的生存，海獭全靠身上的皮毛起保护作用，如果皮毛乱蓬蓬的，海水就会直接浸透皮肤，把身体的热量散失掉，因而会被冻死。

海獭，吃、睡、打扮都是充满智慧的，都是为了在繁杂

的环境中能生存下来。而更令人惊叹的是海獭对成功捕食时间的准确把握。

海獭每次的潜水时间仅仅4分钟，也就是说，在这4分钟里，它必须潜到50米以下的海水里去捕猎，如果超过了4分钟，它就会溺死在水里。每一次捕猎，它们必须在规定的时间内捕获到食物，不然，要么会被淹死，要么就会被饿死。

海獭非常清楚自己捕猎的时间有限，每次潜入水中之后，它便目标明确地去寻找自己的猎物。它的速度也异常快捷，抓到猎物后，一定要在肺里的氧气用完之前返回水面。它们没有任何强过海里其他动物的器官或武器，也并不适合在水里生活，可是，千百年来，它们就是靠着那4分钟的捕猎时间而生存了下来。

4分钟决定生与死，真是太让人震惊了。海獭清楚地明白自己只有4分钟的期限，所以它才动作神速，我们是不是也要给生命一个期限呢？给自己一个期限，你的人生才不会绝望，你才目标明确全神贯注，你才珍惜生命坚强努力。这是人应该向海獭学习的生存之道。

凡事都有好的一面

文/苇 笛

莫德克年少时就渴望成为一名棒球手。但意外的是，有一次在农场做工时，他的手被机器夹住了，失去了右手食指的大部分，中指也受了重伤。

面对不幸，莫德克没有消沉，依然满腔热忱地去追随自己的梦想。在他不断地努力之下，莫德克终于学会用剩余的手指投球，并且成了当地棒球队的三垒手。

有一次，莫德克从三垒传球到一垒，教练刚好站在一垒的正后方，看到旋转的快速球划着美妙的曲线进入一垒手的手套里。对此，教练惊叹不已："莫德克，你是天才球手，球控制得太出色了，球速也快，那种会旋转的球任何击球手都会挥棒落空的。"

原来，正是受伤的手指，也就是变短的食指和扭曲的中指，使球产生了如此与众不同的角度和旋转。所以，莫德克投出的球速度快，又有角度，上下飘浮，击打者对此都束手无策。就这样，凭借自己出色的技术，莫德克将击球手一个个三振出局。他的三振纪录和成功投球的次数都很了不起，不久他便成为美国棒球界的最佳投手之一。

在一般人的眼里，右手受伤无疑会成为棒球手的巨大障碍，但莫德克并未就此放弃自己的梦想，而是越发努力向前。更奇妙的是，曾经受伤的手指，反而使他投出了与众不同的球:快速、旋转、上下飘浮，让击球手无可奈何。曾经的不幸，就此演变成了莫德克的幸运，并且最终促使他梦想成真。

如此看来，无论是多么糟糕的事情，其中必然隐藏着积极良好的一面，就如同苦难中蕴藏着幸福、绝境里隐含着希望、黑暗中孕育着光明。

漫长的一生中，不管一个人遭遇到的事情多么可怕多么恶劣多么令人痛苦，他的心中都应当拥有一份信念——凡事都有好的一面，然后怀着希望向前走。

第三辑

唱着开心的歌谣去生活

ChangZheKaiXinDeGeYaoQuShengHuo

绝境的隔壁是天堂

文/包利民

老麦克是一个狂热的蝴蝶爱好者。在他的影响下，他的家人也都爱蝶成痴。

这一年的夏天，老麦克带着妻儿去非洲度假，想去寻找传说中的金凤光蝶。这种蝶是金凤蝶中的一种，极其罕见，只在非洲的原始丛林中才有可能看见。

走进原始丛林中，老麦克二十多岁的儿子在前面开路。忽然，他停了下来，侧耳倾听着什么。远处传来一阵密集的沙沙声，正惊疑间，前面忽然蹿出许多野兽。那些野兽看也不看他们一眼，飞快地从他们身边跑过，好像后面有什么可怕的东西在追赶着它们。

接着，他们看到了极其恐怖的一幕，只见数不清的绿色虫子从四面拥来。老麦克一生也没见过这么多的虫子，那虫子越来越多，许多没来得及逃走的动物顷刻间被它们湮没。它们会爬进鼻子里、嘴里，使人或动物因窒息而死。而虫子所过之处，所有的树叶和草叶都一扫而光！

老麦克发现了一条从树上垂下来的藤蔓，大喊："快，快爬树上去！”三个人抓着藤蔓爬上了树顶。刚喘了一口气，忽然发现虫子也正向树上爬来！老麦克忙说：“快把树叶摘掉！”他们把栖身处的那个树枝上的叶子都摘了下来，果然虫子没有爬过来，吃光了其他树枝上的叶子便都爬下树去了。

老麦克安慰脸色苍白的妻子：“别怕，虽然咱们下不去，可暂时是安全的。它们总会爬过去的！”可这时，那些虫子却停了下来。他们不得不蜷缩在树上，吃了些食物，小心翼翼地熬过了一夜。第二天清晨，那些虫子仍然一动不动。老麦克忽然发现，这些虫子的颜色起了变化，不再是绿色，而是变成了浅浅的黄色。到了下午的时候,有些虫子们慢慢地移动了。又过了许久，忽然从虫子中飞出一只巨大的蝴蝶来，在斑驳的阳光中闪耀着金光！金凤光蝶！老麦克一家的心脏几乎停止了跳动。接着，金凤光蝶越来越多，漫天都是舞动着的美丽身影，而满地的虫子，都已成了一层遗蜕！

多年以后，老麦克在把公司交给儿子时，说：“孩子，还记得非洲之行吧？我们的事业和生命都是如此。那些虫子就是挫折和磨难，那条藤蔓就是机遇，我们躲在树上，就是等待，绝境中的等待。最后，终于看见我们的梦想美丽地飞翔！万事都是这样，希望你能记住！”

不死的还魂草

文/感 动

北方山区的峭壁上，石头棱角锐如刀尖。石头上没有土壤，没有水分，所以，连生命力最顽强的青苔也望而却步。但是，有一种叫做还魂草的草本蕨类植物，却偏偏立足于这生命的禁区，成为人间的绝景。

由于岩石上很少有水，所以，人们看到的还魂草都是枯缩成一团，形态如同一只握拢的手掌。而一旦空气湿度增加或有雨水降落，还魂草就会由黄转绿，伸展枝叶，变身为一株株绿色的小树，亭亭如松，立于峭壁之上，其形状酷似迎客松。

北方的天气干旱，而峭壁上更很少有水，所以一些还魂草在几年甚至几十年的时间里，一直干枯蜷缩着。把干枯的还魂草从岩壁上采摘下来，用手轻轻一搓，就会化作粉末。所以，任何人都不会把这些干草同生命联系起来。但是，一旦这些被晒干的还魂草被浸到水里，奇迹就会突然出现：干枯的草团慢慢伸展，绿色随之蔓延开来，直至这株干草的生命与灵魂被重新唤醒，神话般地慢慢“活”过来。还魂草，因此而得名。

见过还魂草的人，都觉得它再平凡不过了。但是，就是这种平凡的小草，却有着最独特的性格：身陷绝境而不绝望，默默地收敛自己，咬住岩石不放松；任风吹日晒，形神枯槁也不言放弃；做的只是等待时机，几年，几十年。一旦有了适宜的环境，便枯草逢春，重新绽放自己的生命。

就算身陷绝境，也不要轻言放弃，不妨韬光养晦，静观其变。一旦机会来临，就冲出人生低谷，重新进入阳光地带，这就是还魂草带给我们的启示。

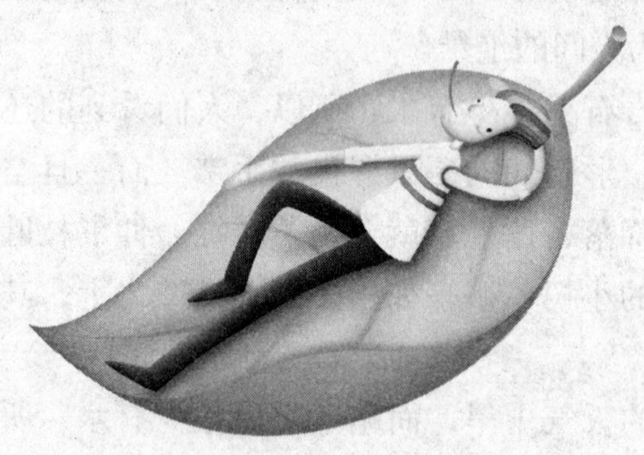

生命的疤痕

文/矫友田

秋日的山风，已多了一些凉意。然而，我们几个在崎岖的山径上行走了些时间，便浑身冒汗了。旁边有一个小水潭，清澈的潭水像一面洁净的镜子似的，倒映着旁边的草木。我们都围了上去，捧起清凉的潭水冲掉脸上的汗渍。

距离水潭不远的地方，是一大片茂盛的苹果林。那些苹果树的枝头上挂满了红彤彤的果子，欲将枝头压折。在苹果林的旁边，有一个用碎山石搭成的石儿，一位老果农正坐在那儿喝茶。

老果农见我们走了过来，他一边起身热情地打招呼，一边歉意地指着石儿上两个茶碗说："你们一定渴了吧，这儿只有两个茶碗，你们可以随便进去摘苹果吃。"

刚才上山的时候，我们都走得急，那一箱备用的矿泉水落在了车上。此时，我们几个都感觉有些口渴，加上老果农如此热情，也就不再客气，纷纷钻入苹果林。

我们每人摘了两个大个的、表皮光滑的苹果回来。老果农看了之后，善意地笑道："你们为什么不摘那些有疤痕的苹果呢？是嫌弃它们的样子难看吧。"

而后，老果农亲自走进苹果林，摘了一些外表有疤痕的苹果回来，微笑着对我们说："你们品尝一下，两者的味道有啥不同呢？"

我们品尝之后才发现，我们采摘的那些苹果虽然外表光滑好看，可是咬开之后，仍透着一股未熟透的青涩感，而那些外表有疤痕的苹果又脆又甜。

我们一边吃着苹果，一边跟他请教其中的道理。老果农解释说："那些受过伤的苹果，会积聚更多的糖分，并用早熟来弥补自己的伤疤。"

在离开那片苹果林的时候，我一直在回味着老果农所说的话：当我们受到痛苦打击的时候，是否也应该像那些受伤的苹果一样，默默地用自信和努力来弥补自己的伤疤，给生活奉献一枚甘甜的果实呢？

有这样一个故事：

有一名香客在拜访智禅法师时，问了他这样一个问题："苦痛会羁绊求真的步子吗？"

智禅法师没有回答那名香客的提问，而是带他来到寺庙的后院，指着远处山壁上的那些古松让他自己领悟。那些山壁异常陡峭，近乎垂直，然而那些古松却顽强地扎根在峭壁的岩隙间，坦然迎接着尘世的风雨。

那名香客仍有些不解。

智禅法师释道："它们的痛，哪些人受得呢？当你选择了挺立，便千年万年；当你选择了畏缩，就会像那些绝望的种子一样朽烂掉了。"是啊，能否战胜痛苦，完全在于一个人面对痛苦时所做出的选择。

在我的身边有这样一位朋友，与他未谋面之前，我只知道他的游记体散文写得很精彩。那些普普通通的景物，在他的

笔下，变得分外美丽和生动。我猜想他一定是一个十分浪漫的人,而且他也一定喜欢像古代的徐霞客一样跋山涉水。然而，在见面之后，我才发现他竟然是一个腿有严重残疾的人。

我惊讶地问："你的那些文章为什么写得如此生动呢？"

他坦诚地笑道："因为我经历过那种痛苦的折磨，所以对遇到的每一处景物都感到珍惜啊。而你们呢？没有经历过那种痛苦的感受，能够轻松地走到很远的地方，因而对眼前那些普通的景物就不太留心了。"

在每一个人生命的枝头上，都挂满了苹果。如果有痛苦袭来，就请坦然地接受吧！只要不放弃希望，顽强与痛苦抗争，你的生命就会有愈加甘甜的收获。而痛苦，留在你生命中的疤痕，也将变成一幅激动人心的图画！

不是不幸，只是不便

文/孙君飞

小时候，我在外婆的村庄里认识了一个孩子。他是一个哑巴，除此以外，跟其他孩子没有什么两样。他甚至相当聪明、敏捷。乡亲们认为他实在太不幸了，他于是就在人们的同情和怜悯中生活，忘记自己能够干些什么，应该干些什么，结果真的成为一个不幸的人。前些日子，我又见到他，他的父母已经过世。他衣着破烂，蓬头垢面，表情痴呆，东家给他一个馒头，西家给他一瓢井水，饥一顿，饱一顿，寒暖无着，完全是在人们的施舍中苟且活着。一旦发生什么变故，他的生命真是难以保障。

我为他感到悲哀。他始终认为自己是不幸的，在残酷的命运面前没有丝毫挣扎的力量，简直是磐石下的一株病弱的小草，如果没有外力将磐石抬一抬，它只能长期在黑暗中被压弯，被窒息，永远难以成长，更难以展现生命的美丽。对于在挫折和磨难面前不战自败的人，人们的善良只能起到更多负面的影响。这个残障的孩子原本可以自食其力，至少他有曾经健硕的身体，不必卑微地苟延残喘。

在生活中，我们也许常常会遇到各种各样的“不幸”，但

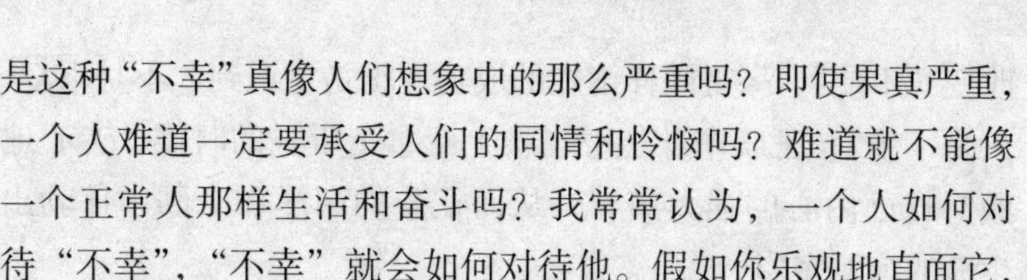

是这种“不幸”真像人们想象中的那么严重吗？即使果真严重，一个人难道一定要承受人们的同情和怜悯吗？难道就不能像一个正常人那样生活和奋斗吗？我常常认为，一个人如何对待“不幸”，“不幸”就会如何对待他。假如你乐观地直面它，它也会善待你，给你不一样的回报。

外婆村庄的这个孩子，让我想起了台湾的名模王晓书。3岁时的一次高烧让她也成为一个“不幸”的孩子,既不能说话，也听不见，很长时间，她都将自己封闭起来。后来，一位阿姨领她到台南启聪学校幼教班学习，她才渐渐明白世界上“不幸”的人不止她一个，她和其他正常的孩子也没有什么要命的差距。

在大学期间，王晓书学的是实践服装设计科，在朋友“小个”的鼓励和关爱下，她第一次露营、第一次参加舞会、第一次当模特儿、第一次成为设计师……这样一路走来，再也没有人认为她是一个“不幸”的人、异常的人。当然，每一次参与，她都要经受一番艰难的挣扎、沟通和争执，甚至绝望地放弃，“小个”就会在她身边“教训”她：“如果你都无法相信你自己，还有谁会相信你？”就这样，王晓书在朋友心灵的搀扶下，一次又一次地完成了“不可能”的任务，直到将自己推向工作舞台的顶峰。当她惊艳地行走在T形台上时，谁还能看出她是一个残疾人呢？

曾经有人对王晓书表示同情和怜悯，她微笑着“说”：“我不是不幸，只是不便……”这是天使的回答，听了真让人动容。在这个世界上，能够将“不幸”看作“不便”的人会有很多吗？能够这样豁达睿智、乐观自信、尊贵可爱的人会有很多吗？“不幸”会把人区分、孤立起来，而这种视“不幸”为“不便”的观念会抹平所谓的生命鸿沟，只需要你努力一下，就可以改变“不便”，赢得同样绚烂的成功。正是意识到“不是不幸，只是不便”，王晓书才能够在被上帝拿走听觉的时候，专心地倾听自己内心的强大声音，从而在爱的润泽和砥砺中蓬勃出生命的绚丽多彩。

再来看外婆村庄的那个孩子，“不是不幸，只是不便”的人生信念显得多么重要。

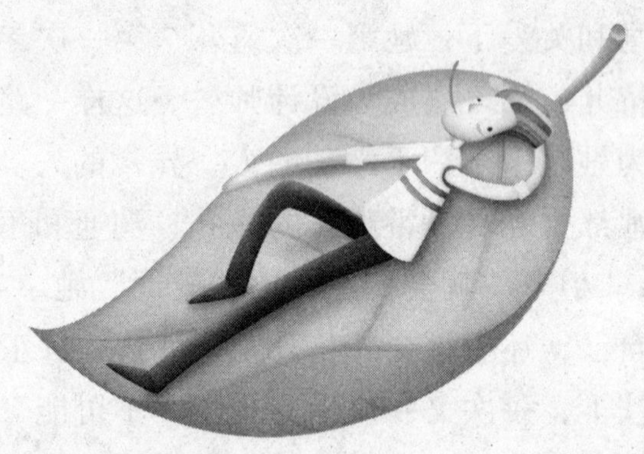

成功就是不断地站起

文/方益松

一位父亲去拜访禅师，请求这位禅师帮他训练他生性懦弱的小孩。禅师说：“你把小孩留下。三个月后，我一定可以把你的小孩训练成一个真正的男人。”三个月后，小孩的父亲来接回小孩。禅师安排了一场空手道比赛，来向父亲展示这三个月的训练成果。被安排与小孩对打的是空手道的教练。教练一出手，这小孩便应声倒地。但是，小孩才刚倒地，便立刻又站起来接受挑战。倒下去又站起来，如此来来回回总共6次。“我简直羞愧死了，想不到我送他来这里受训三个月，我所看到的结果是他这么不经打，被人一打就倒。”父亲喊道。禅师说：“我很遗憾你只看到表面的胜负。你有没有看到，你儿子那种倒下去立刻又站起来的勇气及毅力？那才是真正的男子气概以及成功之所在。”

成功的定义就是这么简单。没有摔跤，就无所谓站起。正如，没有播种，就不会有收获的惊喜。躺下了，你看矮子都是巨人。只有站起身，勇于攀登，你才会有一览众山小的感悟与发现。很多时候，峰回路转与柳暗花明往往就在站起身的一瞬间。

在孩子学步时，有经验的老人总是提醒年轻的父母，不要搀扶，让孩子自己跌跌撞撞地走下去，即使摔破了皮。据心理学家分析，鼓励孩子自己站起可以有效缩短学步时间，更可以早期培养孩子的决心与毅力。人生在世就是像幼婴儿一样不断地摔倒，又不断地站起。不断地失败，又不断地进取。摔倒了，爬起来，并且不在曾经摔跤的地方再次跌倒。人作为这个世界上最有智慧的高级动物，可以统治一切、战胜自然，但最大的敌人却是自己。被冰冷的现实屡次碰撞，并且头破血流，很少有人敢再次去触及那种刻骨铭心的伤痛。知难而退，这是人的迂回与退让，也是人的悲哀。

人不可能永远走宽敞的柏油马路，也不可能永远走泥泞的小道。关键是，在春风得意时提防急流险滩，在风雨泥泞中要站稳自己的脚步。这个世界上没有比人更高的山，也没有比脚更长的路。所谓成功就是在摔倒中不断地站起，并成为最好的自己。

人最宝贵的是挺起自己的脊梁。成功也就是在这不断的失败中不断地站起，从曾经摔倒的地方重新站起，从落魄与失落中站起。即使身处低矮的屋檐，低下的也仅仅是头颅，不屈的是意志。这意志是一种很奇怪的东西，即使是空手道的高手，他也只能让你应声倒下，而真正站起来却只能靠你自己。

站起，就是咬紧自己的牙关，在黑暗中看到光明；站起，就是面对荒芜的沙漠，心目中充满绿洲。站起，是一种放弃，更是一种选择。选择了坚强，你就远离了懦弱。选择了应对，你就远离了逃避。

把失败写在背面

文/矫友田

有一个年轻人，从很小的时候起，他就有一个梦想，希望自己能够成为一名出色的赛车手。他在军队服役的时候，曾开过卡车，这对他熟练驾驶技术起到了很大的帮助。

退役之后，他选择到一家农场里开车。在工作之余，他仍一直坚持参加一支业余赛车队的技能训练。只要有机会遇到赛车，他都会想尽一切办法参加。因为得不到好的名次，所以他在赛车上的收入几乎为零，这也使得他欠下一笔数目不小的债务。

那一年，他参加了威斯康星州的赛车比赛。当赛程进行到一半多的时候，他的赛车位列第三。他有很大的希望在这次比赛中获得好的名次。

突然，他前面那两辆赛车发生了相撞事故。他迅速地转动赛车的方向盘，试图避开他们。但终究因为车速太快未能成功。结果，他撞到车道旁的墙壁上，赛车在燃烧中停了下来。

当他被救出来时，手已经被烧焦，鼻子也不见了，体表烧伤面积达40%。医生给他做了7个小时的手术，才使他从死神的手中挣脱出来。

经历这次事故，尽管他的性命保住了，可他的手萎缩得像鸡爪一样。医生告诉他说："以后，你再也不能开车了。"

然而，他并没有因此而灰心绝望。为了实现那个久远的梦想，他决心再一次为成功付出代价。他接受了一系列的植皮手术，为了恢复手指的灵活性，每天他都不停地练习用残余部分去抓木条，有时疼得浑身大汗淋漓，而他仍然坚持着。

他始终坚信自己的能力。在做完最后一次手术之后，他回到了农场，换用开推土机的办法，使自己的手掌重新磨出老茧，并继续练习赛车。

仅仅是在9个月之后，他又重返了赛场！他首次参加了一场公益性的赛车比赛，但没有获胜，因为他的车在中途意外地熄了火。不过，在随后的一次全程200英里的汽车比赛中，他取得了第二名的成绩。

又过了两个月，仍是在上次发生事故的那个赛场上，他满怀信心地驾车驶入赛场。经过一番激烈的角逐，他最终赢得了250英里比赛的冠军。

他，就是美国颇具传奇色彩的伟大赛车手——吉米·哈里波斯。

当吉米第一次以冠军的姿态面对热情而疯狂的观众时，他流下了激动的眼泪。一些记者纷纷将他围住，并向他提出一个相同的问题："你在遭受了那次沉重的打击后，是什么力量使你重新振作起来的呢？"

此时，吉米手中拿着一张此次比赛的招贴图片，上面是一辆赛车迎着朝阳飞驰。他没有回答，只是微笑着用黑色的水笔在图片的背面写上一句凝重的话："把失败写在背面，我相信自己一定能成功！"

逆风时，就飘扬成一面旗帜

文/李丹崖

那时候的他还年轻，却十分热衷于戏剧表演，可以说已经热衷到痴迷的程度。他一门心思扑在表演上，付出了不少心血。但是，剧团领导却一直让他担任配角。

他并没有因此而丧失信心，仍旧全心地投入工作中，仔细琢磨剧本，研究角色的心理和细节。哪怕他所扮演的角色只有几句台词，他也争取把那仅有的几句“只有”诠释得尽善尽美。皇天不负有心人。终于，在一场戏里，主角突然中途退出，成全了他，让他有机会担任主角。

在这出戏里，他饰演的是一位爱尔兰水手。邂逅到机会的他将这个角色诠释得出神入化，博得了领导和观众的一致好评！也正是这出名叫《安娜·克利斯蒂》的戏，让他一夜之间成为娱乐界的新闻人物，也让他首度尝试到走红的滋味。

后来，他告别自己所在的休斯敦剧团到纽约的百老汇发展。百老汇是世界演艺界的梦工厂，是个不可多得的大舞台，然而，面对这样一个群星璀璨的“大舞台”，他却找不到自己的位置在哪里。于是，落寞的他只有每天游走于导演和制作人的办公室之间，忍受了许多辛苦、挫折与屈辱……后来，更为可悲的是，就连父亲都认为他不会有什么“大出息”，要他不如干脆放弃做明星的虚幻梦，回家开一家服饰店。

但是，他没有这么做。因为，胸怀梦想的他心中仿佛燃烧着激烈的火种，他坚信自己会有大放光芒的一天。于是，尽管他尝尽了失败的苦楚，听尽了蜚短流长，但是，并没有失去心中的斗志！

他仍是努力地奔走，把自己以往的作品带给众多知名的导演和制作人看。但是，这样努力的结果也只是让他获得几次出演小角色的机会——他几乎仍是无人问津！但是，他始终坚信总有得到幸运之神垂青的一天，每当他想到这里，心中的火种又重新炙烈了起来。

这样黑暗的日子他整整坚持了两年。在这两年当中，他身边的许多人都大红大紫，唯有他没有任何起色。但是，机遇总会青睐有准备的人。两年后，他终于在一出名叫《最后一里》的剧中，将“杀手米尔斯”这个角色扮演得入木三分。把他的野蛮、强悍、卑鄙却又迷人的特质淋漓尽致地表现出来。从此，他一炮走红，一发不可收拾。也正是因为“杀手米尔斯”这个角色，奠定了他不朽的巨星地位，让整个演艺圈都接受了他。后来，他转入好莱坞，在电影圈发展，并以《一夜风流》荣获奥斯卡影帝，终成了他个人事业的辉煌巅峰。

没错，他就是著名演员克拉克·盖博！至今，他所扮演的《乱世佳人》等剧中的诸多角色，仍像一杯咖啡一样沁人心脾，让人久久不能忘怀！

顺风成舟，逆风成旗！克拉克·盖博的成功正是以铁一般的事实印证了这样一个道理。它启迪我们，在成功时激流勇进，在失败时不忘燃起心中那股信念的火种。让所有的挫折都化作一阵雄风，翻卷开心中那面梦想的旗帜！

人人面前都有一根栏杆

文/沈岳明

巴拉斯出生于一个贫困的家庭，母亲患有精神分裂症，不但无法正常工作，一旦病情发作，还常常冲巴拉斯大声地吼叫甚至动手打她。父亲因患小儿麻痹症，瘸了一条腿。对生活早已失去了希望的他，不但好赌还酗酒。无人管束的巴拉斯，整天像个男孩子一样四处疯跑，跟人打架，还染上了偷盗的恶习。

巴拉斯 12 岁那年，邻居的一个名叫威尔逊的跳高运动员，把她带到运动场上教她练习跳高。巴拉斯站在运动场上不敢动弹，巴拉斯胆怯地问："威尔逊先生，我真的能像你一样成为一名跳高运动员吗？"威尔逊反问她："为什么不能呢？"巴拉斯说："您难道不知道，我的母亲是一个患有精神分裂症的人，我的父亲是残疾人，并且还是一个酒鬼，我的家境很糟糕……"

威尔逊再次反问她："这些和你跳高又有什么关系呢？"巴拉斯回答不上来了，是啊，这和她跳高又有什么关系呢？巴拉斯嗫嚅了半天说："因为我不是个好孩子，而你却是那么优秀。"威尔逊摇了摇头说："除非你自己不愿意成为一个好孩子，没有人天生就很优秀。另外，我要告诉你的是，别将不好的家境当成你变成好孩子的阻力，而要让它成为你的动力。”

威尔逊给她加了一个1米高的栏杆，结果被巴拉斯跳过了。威尔逊又将那根栏杆撤下来，结果巴拉斯仅能跳过0.6米。威尔逊说，现在这根栏杆就是你苦难的家境，而没有这根栏杆，你跳高的时候就没有足够的动力。如果你不相信的话，我现在就将栏杆加到1.2米，你一定能够跳过去的。巴拉斯咬了咬牙，真的跳过了1.2米。巴拉斯深深地相信了威尔逊的话，决定要出人头地，以自己的实力来改变家里的现状。

以后，经威尔逊推荐，她加入了体育俱乐部，并认识了罗马尼亚的全国男子跳高冠军约·索特尔。在索特尔的精心培育下，14岁的巴拉斯跳过了1.51米。1956年夏天，19岁的巴拉斯终于跳过1.75米，第一次打破了世界纪录。

1958年，她又以1.78米的成绩创造了新的世界纪录，并从此开始了巴拉斯时代。她在1956至1961年5年中，共14次刷新世界纪录。1960年罗马奥运会上，以1.85米的成绩获得她一生中第一枚奥运金牌，比第二名的成绩高出14厘米。1961年她再创世界纪录，越过了被誉为“世界屋脊”的1.91米的高度。此纪录一直保持了10年之久。她从1959年到1967年，在140次比赛中获胜，是世界上跳高比赛获胜最多的女运动员，被人们誉为喀尔巴阡山的“女飞鹰”。

其实，我们每个人的面前都有一根栏杆。那根栏杆的名字叫贫穷、饥饿、失业、灾难，或者是生活中其他的种种不如意。我们每个人都可以将它当成一根栏杆来跳，只要跳过了那根横亘在自己面前的栏杆，你就成功了。

永不趴下

文/孙道荣

胜利有很多种，在我看来。格里姆身上所具备的顽强的抗击打能力，永不趴下、永不言弃的精神，也是一种胜利。也许我们这一生一次都不能将对手击倒，无法取得一场辉煌的胜利。那么，你能像格里姆一样，承受巨大的命运击打吗？你能像他那样，一次次倒下又一次次站立起来吗？如果能够，你就不是一个失败者。

格里姆，这名职业拳击手，在11年的拳击生涯中，他打了三百多场比赛。可是，令人难以置信的是，他根本就不会拳击。他不懂拳法，没有套路，不讲技巧。更要命的是，他的肌肉也不够发达，拳头也不够有力。他根本就打不出一记像样的重拳，更别说将对手击倒了。这样一个人，他怎么能够做职业拳手呢？

他曾经是一名擦鞋工。22岁那年，他放下擦鞋的工具，走上拳击场，成了一名职业拳击手。

没有人看好他。一个擦鞋小子，不知天高地厚地走上神圣而残酷的拳坛，其结果可想而知。在拳击生涯的第一场比赛中，他就被对手毫不留情地击倒了17次。

他失败了。这是预料中的事。可是,意料之外的事发生了,裁判员读10秒时,每一次他都顽强地爬了起来。17次被击倒,17次在10秒内坚强地站了起来,致使这场本无悬念的比赛,一直打到了最后一秒钟。他的对手,世界重量级冠军菲茨西蒙斯,最终只能以点数获胜。获胜的世界重量级冠军一点也兴奋不起来,无奈地发出沉重的叹息:"至少结果还好!"

一次次被击倒,一次次站起来。这就是格里姆,一名无所畏惧的拳击手。一个擦鞋小子,以这样一种顽强的抗击打能力,走上拳击场,名扬拳坛。在此后的三百多场比赛中,每一次,他都被对手一次次击倒,又一次次站立起来,将比赛坚持到最后一秒。最伟大的拳坛高手,最有力的拳击冠军,没有一个人能以将他击倒而获取胜利。

作为一名职业拳击手,他无疑是悲哀的,因为在他全部的职业拳击生涯中,竟然没能击倒过一名对手;但他又是令人尊敬的,即使对手是再凶悍再威猛再可怕的拳击手,他都能以铁打之躯,将比赛一直坚持到结束的铃声响起。是的,你可以一拳将他重重地击倒,却无法使他趴在那里,不再站立起来。当裁判举起胜利者的手臂时,他的姿势也一定是站立的。

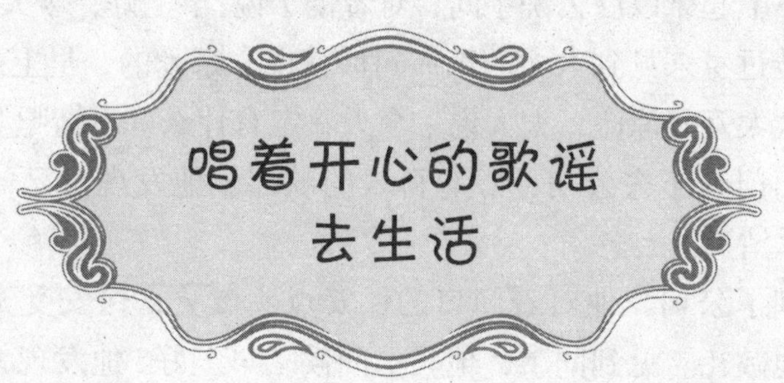

唱着开心的歌谣去生活

文/鲁先圣

美国最大橡胶公司的董事长莫根有一个著名的观点：他说，根据他的观察，一个人取得成功的前提不是学历的高低和专业素养的多少，而是看他做事情开心的程度。

这位实业界的领袖对于那些所谓单靠十年寒窗就可以成名的古训，并没有信心。因此，每次他的公司招聘员工，他的条件都很特别。他不讲学历和专业，而重在考察这个人对于所要应聘的职位有多少兴趣、喜欢的程度。而应聘成功了，他还要继续考察，看这个人做事情是否开心，不能够变成工作的奴隶。因为他认为，一旦变成了工作的奴隶，也就没有了丝毫兴致，所有的创造力必然丧失殆尽，也就不会给企业带来任何创新的精神了。

有一个叫威廉的人，是纽约证券股票交易市场的主管人员。他的收入很高，但是他却没有快乐。他说他被工作忙得连微笑的机会都没有。太太抱怨他缺乏爱，孩子抱怨他缺乏亲情，同事则抱怨他没有人情味。一个偶然的机会，他遇到了莫根。他对莫根说，他是百老汇最成功的人和最不快乐的人。

莫根认为，是工作的压力让他失去了快乐的能力。莫根给他写了一张纸的做法，让他每天这样去做。

早上起床以后去洗手间，对着镜子说:早上好，今天快乐！

转过身来见到太太的第一句话就说：亲爱的，早上好！他发现太太万分惊诧，太太说：今天一定有什么好事情吧？

出门开车去公司，哼起喜欢的歌谣。他发现自己的心情是那么清爽。

到了公司，他对着门口的保安点头微笑，保安受宠若惊地向他敬礼。见到同事，他马上问候：早上好！他发现大家似乎也都像有什么好事情要发生一样，满脸上都荡漾着快乐。

一天当中，他对所有打交道的人都报以微笑。他发现大家对他也报以微笑，全然没有了往日紧张激烈的气氛。

下班回家，开动了车子，他哼起了另一首学生时代的歌谣。他感觉这一天是那么美好，那么轻松愉快。周围的人都是那么和善，这个世界是那么富有人情味。

回到家里，他对着太太和孩子微笑。太太和孩子说，今天一定有好事情！是啊，他说，人生还有什么胜过好心情呢！

他天天这样去做，所有的人都发现他变了。他由一个容易焦躁、非常情绪化、经常绷着脸的人，变成了一个总是唱着美丽的歌谣、总是微笑着的快乐的人。

他对于自己的工作，也由原来的畏惧和压力，变得喜欢起来。原来感觉的枯燥乏味荡然无存，一切都变得生机勃勃。没有多久，他的职位得到升迁。

事实上，他还是他，周围的人没有丝毫改变，他的家庭没有丝毫改变，他的工作没有丝毫改变。他只是改变了他自己的心情而已。但是，心情的改变，却把他的一切都改变了。

快乐和幸福人生的秘密在这里，解除烦恼的秘密在这里，成功的秘密也在这里：唱着开心的歌谣去生活。

第四辑

我知道梦想有多美

WoZhiDaoMengXiangYouDuoMei

绿色的春天

文/鲁先圣

当春天迈着昂扬的脚步匆匆走来的时候，我的血液中涌动起一股温热撩人的春潮。回望那片被严冬压抑了整整一个季节的心灵的原野，心中的愤懑与不平再也难以接受强加的克制。春天来了，苍翠的生命复苏了，希望的机会一个个地迎面走来了。这个时刻，我已经等待了很久。

春天的风是希望的家园。荒芜苍凉的土地因春风的吹拂而有了绿意，无数弱小的生命在春风中挣扎着破土而出，又比肩接踵地向着辽阔的蓝天进发。一株弱不禁风的幼树，会因春风的扶持而渐渐强壮，向着高大伟岸挺进！

那浩瀚的森林更是万象更新了。一夜之间，春的消息传遍林中，无边无际的茂密又在春风的拂煦中孕育了。

没有什么比河水更理解春风的美意，死气沉沉的流水，在春风的荡漾中即刻奏起美妙动听的乐章。

春风中，一颗饱经沧桑的心灵振作起来了，这是自然的恩赐。万物复苏的季节，你有什么理由让它逃掉呢？

夏天是严酷的，秋天是沉重的，冬天的日子让生命的希望都消失在远方。所有这些时候，我都几乎无一例外地尝到了它们设置的困顿和磨难。在每一次遭遇厄运的时候,我一直在想,季节是更替运转的,不论冬天多么冰冷与无情,春天总会来的。难道厄运之后依然还是厄运吗？

在那些时候，我发现我身边许多同我一样遭受了磨难的人低下头颅，有人甚至永远地躺在了冰雪之中。我听到过一句这样的哀叹:我为什么总是不幸呢?面对这样的哀叹，我从内心深处发出一声怒吼:站起来，冬天之后不就是春天吗?太阳每天都会升起，黑夜之后即是黎明，春天不是一个遥远的等待和未来。只要有种子存在，一切就有希望。当春风吹来的时候，种子就会在春的沐浴中绽出嫩绿，结出硕果，这是季节给予生命的全部含义。

春天首先是一个季节，她给予的一直是受用不尽的生命运动的命题。更重要的是,春天是一个充满希望、重新开始的季节。在这个季节里，我们尽可能将过去所有岁月中的不幸与磨难抛到生命之外，重新赋予生命一种全新的意义。

辽远的大地上已经有了一丝绿色的影子，我为此而激动不已。一棵衰草都能改变自然的颜色，何况我这五尺男儿呢？

绿色的春风吹来了，我昂起头颅，伸出有力的双手。

五十步和一百步

文/周海亮

中学的时候，我有一位画画的朋友。那时候我们常常凑到一起画静物水粉画，或者在星期天的时候跑到野外写生。那时候我们的愿望，就是将来都能够成为一名画家。最起码，也要从事与美术有关的职业。

后来我们一起报考了美术师专，却分别在初试和复试的时候被淘汰。记得那段日子，我们的心情很灰暗，仿佛世界彻底抛弃了我们，一切都失去了意义。我们常常探讨的一个问题就是，要不要把画画继续下去？

后来由于种种原因，我们一起考上了职业高中，又一起毕业，分配到一个山区的酒厂。我们都做着和美术毫不相干的事。每天，两个人都累得腰酸背痛。现实与梦想差距太大，似乎，我们只能够接受现实。

的确，那时我们已经不再外出写生，只是偶尔在宿舍里摆一组静物，动两下画笔。后来他终于连静物也不画了，他说他打算彻底放弃。我对他说：“难道你还想在这里干一辈子吗？”他说：“不是。”我说：“难道你不想找个和画画有关的工作，把爱好变成职业吗？”他说：“当然想，可是现在我们还有机会吗？”我说:“只要我们坚持画下去,或许就会有机会。”他说:“可是如果把画画的精力放在别的上面，比如攻读一下酿酒方面的专业书籍，难道不可以在那方面有所突破？”我说：“难道你喜欢酿酒？”他说：“不喜欢。可是没办法，好像现在只剩下这一条路了。”顿了顿，他无奈地说：“我被现实打败了。现在，我正在溃逃，你也是。”我说：“我承认我们现在的确被现实击败了，也的确是在溃逃。可是我们不能够败得太彻底。换句话说,我们不能够逃得太远。否则将来万一有了机会，我们都会错过。”他笑了，说：“是这样。我彻底不画了，等于退了一百步；你和画画现在还藕断丝连，等于退了五十步。你听过五十步笑百步吗？其实我们都一样。”我说:“我听说过。但五十步和一百步肯定不一样。假如退五十步能够暂时摆脱困境，那么，我肯定不会退到一百步。退得越远，给自己将来的反击留下的机会就会越少。”他说:“你想反击吗？”我说:“难道你不想？”他想想，说：“我也想。可是我还是打算先在厂子里混个一官半职，然后想办法调出这个山区酒厂。——我甘愿退到一百步、甚至更远。万一将来真有可以画画的机会，我再想办法就是了。”

就这样，朋友彻底告别了他的画板和颜料。而我在星期天时，仍然闷在宿舍里画静物。

三年后，一家韩国独资服装厂公开招收服装设计，我意识到这是一个机会。得到消息的时候，距考试的日子只剩下一个星期。我把这个消息告诉朋友，朋友也非常兴奋。可是我们只有一周的时间。一周能干什么呢？只能匆匆复习有关的理论知识。

朋友那时候已经升到车间主任了。我问他：“你去考吗？”他说他当然去。为了能够画画，他可以放弃眼前的一切。

可是我考上了，他却没考上。因为当他重新拿起画笔时，他已经找不到丝毫画画的感觉了。尽管他很想画好，可是在考场上，他还是画得一团糟。离开酒厂那天，他去送我。他说：“你说得对，你退了五十步，而我退了一百步。我退得太远，错失了反击的机会。——我可能一辈子都不再有机会画画了。”他显得很失落，因为，一个人一生中所能拥有的属于自己的机会，毕竟太少。错失了，谁也不知道以后还会不会再来。

生活给了我们太多无奈。当现实打败梦想，我们常常不得不暂时放弃梦想，甚至溃不成军。可是在你战败时，当你不得不撤退时，请记住，五十步和一百步，绝对不一样。假如一百步是失败的终点，那么，退到一百步，你就不会再有任何机会；假如五十步和一百步都是你休整的兵营，那么，当你反击时，五十步的机会，肯定要比一百步多得多。

我想说的是，永远给梦想一个机会，不要撤得太远。

大地山川，任我行

文/牟丕志

上帝造动物时，动了很多的脑筋。他给动物造了嘴，使动物能够吃得下东西；还设计了各式各样的皮，使动物能够抵御寒冷；给动物造了腿脚，使它们能够到处跑动。上帝看到自己创造的动物在大地上自由自在地生活，感到十分自豪，心想，世界上哪有比这些动物更称得上奇迹的东西呢！于是他造动物的兴致更浓了，以至于痴迷。

上帝为了使这个世界上的动物更加丰富多彩，就千方百计变着花样来打造它们。这天，上帝想出了蛇这种动物的创意：细细长长的身躯，细细长长的腿脚，小脑袋，小眼睛，线一样的舌头。他觉得这种动物会与其他动物有很大的区别，轻盈苗条好看，于是兴致勃勃地按这一想法造起了蛇。很快，蛇的脑袋、嘴脸、身躯都完成了。当他正要给蛇造腿脚的时候，忽然刮起了一阵大风，蛇被大风刮到了一片森林里。待大风过后，上帝一瞧，发现造了一半的蛇不见了。上帝想，待有时间，找到那造了一半的蛇，给它再安上腿脚就行了。可是，由于忙碌，上帝再也没有想起给蛇造腿脚的事。

蛇被大风刮到了森林里，难受极了，因为没有腿脚不能

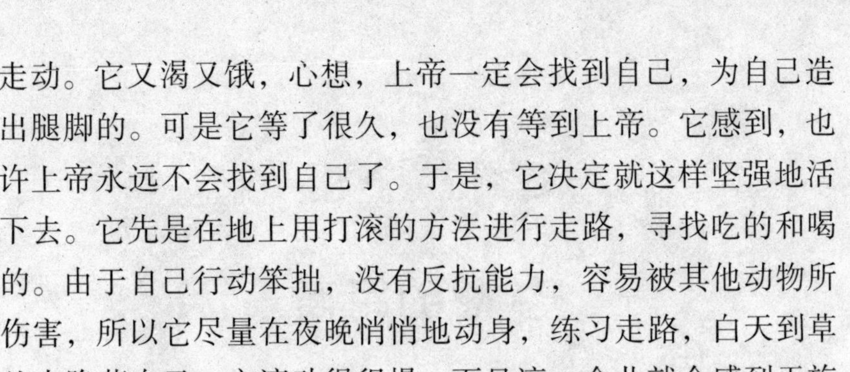

走动。它又渴又饿，心想，上帝一定会找到自己，为自己造出腿脚的。可是它等了很久，也没有等到上帝。它感到，也许上帝永远不会找到自己了。于是，它决定就这样坚强地活下去。它先是在地上用打滚的方法进行走路，寻找吃的和喝的。由于自己行动笨拙，没有反抗能力，容易被其他动物所伤害，所以它尽量在夜晚悄悄地动身，练习走路，白天到草丛中隐蔽自己。它滚动得很慢，而且滚一会儿就会感到天旋地转。为了解决这一问题，它又尝试用身体一屈一伸地向前蠕动，效果比滚动强多了。但是行动起来还是太慢，就连走路慢腾腾的老牛，也能轻易地超过它。蛇想，行动速度太慢，这样就会使自己成为别的动物的美餐。所以，它下决心加快蠕动的速度。

大家都认为蛇这种努力是徒劳的。因为,再用力也是爬行。爬还想快，真是痴心妄想。但是，蛇不那么认为。它总觉得，通过不停努力，自己的爬行速度还是会一点点提高的。蛇一代又一代地坚守着理想，从来没有放弃过。

亿万年之后，蛇在大地山川疾行如飞，蛇已经把全身都变成了腿。它成为动物世界的强者。

梦想的距离

文/姜钦峰

十年前，他还是个刚入伍的小战士。适逢建国50周年，他所在的部队接到了国庆阅兵任务。他立即报名参加选拔，因体重不达标，被挡在阅兵村外。他伤心得掉眼泪，战友们都劝他别难过，说将来还有建国60周年阅兵，下次还有机会呢。可谁也没有料到，一句安慰的话，竟在他心底埋下了梦想的种子。

从那天起，他就为自己定下了十年后的目标：参加建国60周年阅兵！

他做梦都想参加阅兵。第二年休假时，他专门坐火车去了一趟北京。他身着便服，按照战友们受阅时走过的路线，独自一人走完了全程。然后，他找了一个不起眼的位置，请过路的老伯给自己照相。热情的老伯感到不解，小伙子，你为何选这个地方照相呢？老伯当然不知道，眼前这个位置，正是他的战友们受阅时站的地方。“咔嚓”快门按动，梦想与笑容一起被定格。

这次梦想之旅，更加让他坚定了信念。他发奋努力，积极准备。然而，当兵第五年，他就不得不面对人生最大的一次抉择，退伍还是继续留在部队。父亲年岁已高，希望儿子能够早日回家挑大梁，并在家乡为他找了一份不错的工作。

但他坚持要留下。父子俩为此在电话里吵过，最终还是父亲妥协了。期间，他考入了士官学校，毕业后被分配到新的部队。

十年等待，似乎一切都在改变，唯有当初的梦想丝毫未变。晚上睡觉时，他经常会做同一个梦，梦见自己迈着铿锵有力的步伐走过长安街，接受国家领导人的检阅。终于有一天，他忽然得到消息，自己所在的部队接到了建国60周年阅兵任务。他欣喜若狂，激动得一夜没睡，第二天一早就跑去报名。这次，他顺利通过了选拔，如愿进入阅兵村。

他克服了所有困难，一次小小的意外，却险些让梦想止步。在例行训练中，他的眉骨意外受伤，豁了大口子，鲜血直流。缝针时，医生问他要不要打麻药？他说，不打。不是为了逞英雄，因为医生告诉他，打麻药的话，伤口愈合可能会比较慢。他说，只要想到伤口能尽快好起来，针扎进肉里，都不觉得那么疼了。

他叫王付忠，一个普通的解放军战士。为了心中的梦想，他坚定执著，默默奋斗。十年磨一剑，终于梦想成真。可以体会，在那庄严神圣、万众瞩目的时刻，当他昂首挺胸、阔步走过长安街时，必定是世界上最幸福的人之一。

阅兵式上，不到一百米的距离，只用了36秒时间，而王付忠走了整整十年！在这十年中，会发生多少无法预料的事情，有些他能控制，有些则是无力改变的：提前退役，也许他所在的部队不在受阅之列，也许身体条件已不允许他参加阅兵……随便哪一种可能，都能轻而易举地将梦想篡改。但他不去想，心里只有单纯的梦想。他说，我把每次训练都当成真正的阅兵！

或许是他的执著感动了上苍。无数不确定因素，最终都化为了有利条件。王付忠无疑是幸运的，不过同样可以肯定，这种幸运绝非出自偶然。道理很简单，如果你知道自己的方向，全世界都会为你让步。

胸怀彩色的理想

文/崔鹤同

他出生在湖南农村，是一个特别喜欢拉小提琴的男孩。他没有机会上学，除了帮助大人干些零碎的农活以外，就是不停地学拉琴。

终于有一天，他怀着梦想来到北京参加艺术考试。他拉了自己常拉的一首曲。老师发现了这个孩子独特的音乐天赋，就破格收下了他。而此时他还是大字不识一个的文盲。

后来，他的技艺有了长进，他冒险去美国留学。家里没有能力支持他，刚到美国，他就到街头拉小提琴卖艺赚钱来支付上学的费用。非常幸运，他在纽约的格林威治大街一家商业银行的门口卖艺，这是最能赚钱的好地盘。当时，和他一起拉琴的还有一位黑人琴手。

过了一段时间，他赚到了不少卖艺的钱后，就和那位黑人琴手道别，因为他想进入大学进修，更想和琴艺高超的同学相互切磋。于是，在大学中，他将全部的时间和精力投入到了提高音乐素养和琴艺中……

多年后，有一次他路过那家商业银行，发现昔日的老友——那位黑人琴手，仍在那个最赚钱的地盘上拉琴。

当那个黑人琴手看见他出现的时候，很高兴地问道："兄弟啊，你现在在哪里拉琴啊？"

他回答说他在林肯中心音乐厅拉琴时，那个黑人琴手笑着问他："那家音乐厅的门前也是个好地盘，也很赚钱吗？"

他就是音乐大家谭盾。黑人琴手哪里知道，那时的谭盾，已经是一位国际知名的音乐家，他经常在著名的音乐厅中登台献艺，而不是在门口拉琴卖艺。

更为让人惊叹的是，在第72届奥斯卡金像奖评选中，李安执导的影片《藏龙卧虎》的乐曲被评为最佳原创音乐配乐奖，而这正是谭盾的杰作。这是迄今为止，首位华人作曲家获此殊荣。

谭盾说，"让眼睛看到声音，让耳朵听到色彩，这是我一生的追求。"正是胸怀彩色的理想，使得谭盾执著痴迷，锲而不舍，终于拥有了自己的舞台，演奏出人生辉煌的乐章。

我知道梦想有多美

文/卫宣利

他是一个普通的农民，但他和其他的农民又不同。他的世界，除了广袤的土地，丰茂的果园，一群肥硕健壮的奶牛，还有歌。不是一般的歌，是意大利歌剧，是《图兰朵》。他 42 岁才开始学习唱歌，凭着对音乐的痴迷和热爱，他唱到了中央电视台的《星光大道》，唱到了 2009 年的春节联欢晚会。如今，他的名字家喻户晓，这位来自大连旅顺 56 岁的农民，他叫刘仁喜。

那天，在《艺术人生》的现场，主持人问他："你成名了，今后打算怎么发展？"他说："我就想开一场个人演唱会，录成碟，等下雨天不能干农活儿的时候，在家里放着自己看。影碟机一放，炕上一坐，喝点小酒，看看，多美……"

这是一个农民的梦想，朴实、自然、本真。他知道梦想有多美，所以这大半生里，一直在为这个梦想努力。终于，在没有了经济上的后顾之忧之后，他开始朝着自己的目标迈进。

那天，前楼的一位老太太来找我。她拿着一摞稿纸，虔诚得像个小学生："听他们说您是作家，能抽点时间帮我看看稿子吗？"她 63 岁了，之前是一家国有企业的会计，和数字

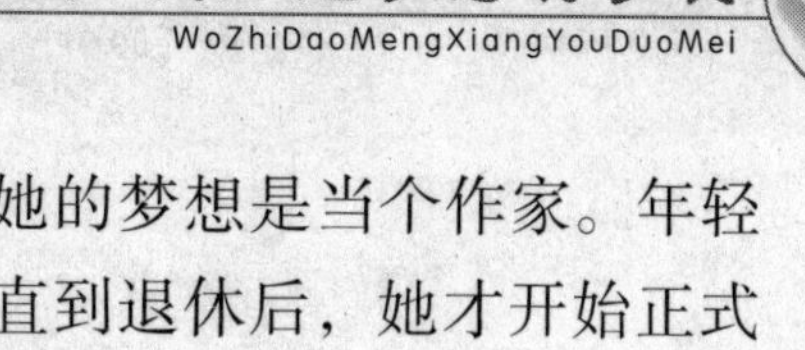

打了三十多年的交道。可她说，她的梦想是当个作家。年轻的时候为了生活，梦想被搁浅。直到退休后，她才开始正式学习写作。每天送孙女上了托儿所后，她就在家里写写画画，不会用电脑，就在纸上写。

我接过那摞稿纸，厚厚的，写得密密麻麻。她说："我就想有一本书，写着我的名字。在阳光灿烂的午后，沏一杯茶，坐在阳台上，闲闲地翻上几页……"

那一刻，我的心被她的梦想深深感动了。这个满头银发的老太太，令我肃然起敬。

生活如此平淡，日子按部就班。可总有一些东西，会穿越岁月，亘古不变，让我们始终保持内心的坚守——比如梦想。曾在一篇文章中看到一句话：我有一个秘密，我知道人生有多美。或许，我们也可以这样说：我有一个秘密，我知道梦想有多美！

做梦也能成功的启示

文/董 刚

有一个小女孩，那段时间正好看了不少恐怖袭击的故事，而且历史课正好讲到国家的革命史，这激发了她的幻想。有一天晚上，她做了一个梦，梦见由于受到一帮黑鸟暗中挑拨，穿着马裤的红雀和蓝坚鸟打了起来，最后在剑鸟的帮助下取得了胜利。醒来后，她有了把梦写成故事的想法，她要把和平的信息传达给世界。她给这个小说起的题目就叫《剑鸟》，一种世界上所没有的神鸟。

说干就干。每天放学后做完作业，锻炼一会儿身体，小女孩就会在键盘上打写几段《剑鸟》。当然，写作并不顺利。像她那么大的孩子，知道的东西实在太少，尤其是鸟。这个世界上存在着难以计数的鸟儿，每一种鸟都有自己独特的东西。为了准确描写鸟的外貌、栖息地和习性，小女孩在互联网上进行了广泛的搜寻，还从图书馆借阅了大量有彩色图片的书籍资料，研究了不同文化所刻画的神鸟。比如美洲土著神话里的雷鸟和魔鸟,这些都有助于她对《剑鸟》场景的描写。时常，图书馆管理员都会看到一个小女孩，推着一手推车的硬皮学术著作借阅，吃惊得眼睛都瞪大了。

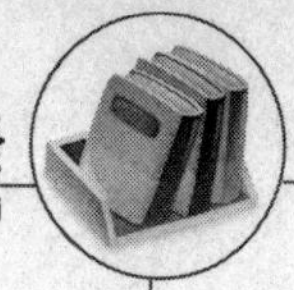

不久，小女孩的小说《剑鸟》快写完了。她写小说不是为了自娱自乐，她希望能够有出版社来出版自己的小说。于是小女孩在书刊、报纸和网站上到处查找，把所有信息都记在笔记本上。数月后，当她完成了书的初稿，便把笔记本拿出来，按照上面的网址给所有的出版商发。很幸运，小女孩得到了一家出版社的回音。《剑鸟》出版之后迅速走红，已经登上了美国故事类少儿图书的畅销榜。

小女孩名叫范祎，一个出生在中国，在中国上了幼儿园，现在在美国上小学的小女孩。谁也没有想到，那么小年纪她就写出了一本畅销书。更没人想到，这本畅销书的灵感来自一个美丽的梦境。

我们每个人都有过做梦的经历。那些诗意一样的梦境让很多人回味，很多人希望在现实中能够实现。可是，梦境离着成功有着太遥远的距离，让人有些可望不可即。因此，很多人，尤其是家长，对孩子沉迷于自己的梦境是不能接受的，认为梦境就是梦境，不可能成为现实，就算努力也未必能够实现。

殊不知，梦境可能就是一次与成功握手的机会。对于渴望成功的人来说，任何机会都应该把握。通过自己的努力，好好把握梦境，让梦境成为自己努力追求的动力吧！

给自己一个承诺

文/杜启龙

上世纪50年代，他出生于台湾一个普通的家庭。父亲是一个瓦斯店小老板，母亲是一所中学的教师。在他童年的记忆中，他宁愿去帮父亲送瓦斯，也不愿到学堂念书。

他的学习成绩实在糟糕得要命。没有同学去理会他。老师们一提起他就连连摇头，说这孩子很难有出息。在这样的声音中，他一直持续到升高中。结果可想而知，他落榜了。作为老师的母亲感到无地自容，但为了孩子的前程，还是托了关系把他送到了一个补习班。

补习班的老师欣然接受了。第一天的时候，还信誓旦旦地说，只要到这里来的孩子都能考入重点高中。其实这里的老师并不是信口开河。到了第二年，那个班级只有两个学生名落孙山，其他全部榜上有名。那两个学生中，一个是先天智障，另一个就是他。

出榜那天，他骑着单车，在一个小土坡旁盘桓很久。当他怀着忐忑的心情，悄悄溜到家的时候，妈妈在厨房做饭，看到他，并没有他想象的大发雷霆，而是像什么都没发生过一样，一句话也没有说。那一刻，他的心忽然间感到从没有过的痛苦，

仿佛在一瞬间分崩离析。他知道，父母已经不再关注他，对他彻底绝望了。

不，我不是没用的人！他忽然间听到，心底发出了一声令他全身战栗的呼喊。我要上学，我要上学！他开始跟着姐姐四处报考私立高中、教会学校。当一次次挫败之后，他悄悄地跟姐姐说了自己的决定，那就是去报考音乐学院。是啊，他太喜欢音乐了，他一直认为自己是有音乐天赋的。可在当时却被人们认为这是不务正业，是邪门歪道。如今，所有的路都向他无情地亮出红灯的时候，他才鼓起勇气说出了这句话。

那天，姐姐陪着他到了国立艺专。就要到考场的时候，他把头一扬安慰姐姐说，别看我从没学过音乐，但我一定能行。然而，当他到了考场猛然间傻眼了。考试内容是听写和试唱，考官打开幻灯片，让他把那上面的五线谱唱出来。他的眼睛瞪得大大的，他分不清那上面一个个拖着小尾巴的东西究竟是豆芽菜还是小蝌蚪。

结果没有任何悬念，两门都是零分。

从考场出来，他抱住姐姐痛哭起来。多少次失败，他从没哭过，而这一次，他不知道为什么如此伤心欲绝。姐姐没有动，任凭他的泪水打湿了衣服。忽然，他止住了哭声，抬起头，蒙眬中看到了学院门口牌子上的“音乐”两个字，他的心一阵悸动。多少年来，自己在心灵深处真正挚爱的就是她啊，难道我真的要被她拒之门外吗？一次次望着那两个字，他仿佛看到了两盏明灯照耀着远方。

他的心一亮，猛地用手擦干了泪水，狠狠地跺了一下脚，抬起右手，宣誓般一字一顿地说，今天我承诺：音乐，以后我就干这一行了！

一个小小的承诺，就像一个吸饱了养分的种子，在他的心中深深地扎了根。10年之后，他成了台湾流行乐坛最具实力的词曲作家和唱片制作人，他就是台湾有“百万制作人”之称的音乐教父——李宗盛。

如今，早已功成名就的李宗盛也到了知天命的年龄，然而他依然没有停止追求的脚步。他和罗大佑、周华健、张震岳四人组成的“纵贯线”组合，在海峡两岸再次掀起了阵阵音乐飓风。当有人问起他组合乐队的原因时，这个中年大胡子男人乐呵呵地说，因为热爱。他顿了顿，又补充道，小时候说过要干这一行，我怎能食言呢！

是啊，当你在山重水复之时，给自己一个承诺吧。给自己一个承诺，是一种激励，更是一种鞭策，是在你陷入绝境的时候在心灵深处植下一个梦想。只要你辛勤地去浇灌，终有一天她会长成参天大树，也终有一天会枝繁叶茂结出累累硕果。

活着就像在舞蹈

文/绘 丹

女孩很小的时候，父亲就抛弃了她和母亲。坚强刚毅的母亲,将女儿送进了一所舞蹈学校。高昂的学费并未吓倒母亲，

她四处打工挣钱。7 岁的女孩看见母亲整日忙碌和疲惫的身影，就会忍不住流泪。

一天，女孩对舞蹈老师说："我想退学，我实在不想让母亲这样为自己操劳。"老师问："如果你退学，你觉得母亲会开心吗？"女孩回答："至少我可以让母亲过得轻松点儿。"老师又问："你知道母亲最大的心愿是什么吗？"

女孩回答:"当然知道，母亲希望我成为舞蹈家。"老师说:"记住，只有实现了愿望的人才能变得轻松和开心。因此，你必须好好学习，才能了却母亲的心愿。"

女孩小小年纪就上了人生的第一课：从母亲的行动和老师的言语中受到了鼓舞。她训练比别的孩子勤奋，她吃的苦比别的孩子多，但她流的泪和抱怨的话却比别的孩子少。几年后，她成了最出色的学员，并开始登台表演。

可命运捉弄人。当女孩出落成亭亭玉立的少女时，身体却出了毛病：骨形不正，腰椎突出。这对舞蹈演员来说，是致命的一击。是退缩还是坚持？女孩选择了后者。她忍受疼痛的折磨。在身上装上一个校正仪，继续她的舞蹈。她的努力和刚强没有白付出，国家舞蹈团招收了她，她很快成了领舞。后来，她的足迹遍布世界各地，她优美的舞姿倾倒了无数观众。

她就是西班牙国家舞蹈团的常青树，享誉世界的弗拉门戈舞皇后阿伊达·戈麦斯。不久前，她来中国巡演时，记者问她："面对贫穷和不幸，面对病痛与磨难，你是如何理解人生的？"已在舞台上奋斗了四十余年的阿伊达，笑容依旧美丽迷人，她说："在我眼里，除了战争和死亡，别的都不能叫不幸。活着就像在舞蹈，一个有梦并愿为此追求一生的人，没有什么东西能阻挡住她。我会永远地跳下去，直到跳不动那天为止。"

打开梦想的盒子

文/包利民

查尔斯·蒂梵尼是一个磨坊主的儿子，经过几年艰苦的奋斗，他终于开起了一家自己的珠宝行。一天他在报上看到一则消息：美国铺设在大西洋底的一根越洋电缆，因为年代久远而破损，需要更换。这样一条在大多数人看来普通的新闻，在查尔斯·蒂梵尼的脑子里，仿佛划过一道亮光。他在想，这是一个非常有商业价值的信息，很可能帮助他。于是他立即与有关部门联系，用尽积蓄买下这根报废的电缆。别人都笑他傻，花那么多钱却买了一件废品，而他却丝毫没有动摇自己的信念，在别人不解的目光中努力实现着自己的梦想。他首先把电缆洗干净、弄直，随即裁剪成一小段一小段的，然后将这些金属块精心地加以修饰，作为纪念品出售。由于电缆来自深深的大西洋底，人们认为有很高的收藏价值，于是争相购买，他轻而易举地发了一笔财。

查尔斯并没有因此而停步，他用卖电缆纪念品赚的这笔钱买下欧仁皇后的一枚钻石。这枚钻石是稀世奇珍,光彩夺目。钻石到手后，他并没有像人们想象的那样珍藏起来，或者高价转手，而是筹备了一个首饰展示会。那些梦想一睹皇后钻石风采的人从各地蜂拥而来，使得展示会门庭若市热闹非凡。此次盛会，仅门票收入就十分可观。

传说人们降生的时候，上帝给每个人都带上了一个美丽的盒子，里面装着斑斓的梦想。可是一生之中，有许多人只能看着那些美好的梦想，却无法打开盒子。其实上帝给了每个人一把钥匙，有的是拼搏、坚韧，人们却不知去运用。而有一把钥匙却是公用的，谁都可以用它赢得梦想，那就是智慧。平凡的事物在庸人眼中，只是更为普通的东西，而一颗拼搏、坚韧的心，却能从平凡中感受到梦想的曙光。

第五辑

朝着心中的光亮走

ChaoZheXinZhongDeGuangLiangZou

世界上最美的棘刺

文/李雪峰

巴比伦有一个国王，梦想拥有一个最美丽的大花园。于是他命令他的一个大臣说："你去给我建造一个大花园，这个花园不要很多品种花卉，只要栽满世界上最美的一种花就够了。"

这个大臣领了命令后，边让人大兴土木建造花园，边派使者到世界的各个地方去选取花卉。花园很快建成了，大臣从上万种花卉里选来选去，他和很多人都一致认为，玫瑰才是这个世界上最美的花朵。于是，他召来成千上万的花匠，吩咐他们在花园中遍种玫瑰，并且，按照玫瑰的花色品种栽植图案，通道、亭榭都设计得巧夺天工，让参观者个个大为赞叹。大臣想，这么美的玫瑰，这么壮观的花园，国王看了一定会高兴的。于是，在玫瑰盛开时节，大臣把国王领到了花园里。

谁知国王看到那些玫瑰就勃然大怒说："让你建最美的花园，你却给我栽了这么多的棘刺！"大臣忙分辩说："国王陛下，这些玫瑰虽然有刺，可它是世界最美的花啊！"国王不等这个大臣说完，便令武士把这个大臣杀了。国王叹息说："每朵花下面都有刺，怎么能是世上最美的花朵呢？"

不久，国王又命令另一个大臣给自己的花园种世界上最美丽的花卉。这个大臣领了命令后，不慌不忙，既没有派使者去奔波着去满世界寻找花种，也没有因为花色品种而自己去劳心费神。等到春暖花开，满园玫瑰怒放花香四溢时，他便前去王宫请国王到花园来走马赏花。大家都为他担心，这不是要重蹈那个被杀大臣的旧辙，让国王来砍他的脑袋吗？

当国王走进玫瑰花园时，这个大臣微笑着对国王说："陛下，你瞧这些棘刺多么美丽啊，每丛棘刺上都开着花朵。"

国王一看高兴万分，赞赏地说："是啊，这些棘刺是如此的美丽，每丛棘刺上都盛开着这么芬芳的花朵，这可能是世界上最美的棘刺，也是世界上最纯真的花朵了。"国王不仅没有丝毫怪罪这位大臣，还给这位大臣加官晋爵，并赏给他许多金银和丝绵。

很多人都很不解，询问这位大臣说："同是长满棘刺的玫瑰，为什么那位大臣被杀，而你却反而能领到赏银呢？"这个大臣听了微笑着说："虽同是玫瑰，他让国王看到的是每朵花下都有刺，而我让国王看到的是每丛刺上都有花啊。"

世界万事万物都有两面，有洒满阳光的一面，也有布满阴影的一面。就像玫瑰的每朵花下都长满了刺，而每丛棘刺上都绽开着美丽的花朵。福兮祸所伏，祸兮福所依，一切都取决于你自己生活和心灵的视角。花朵下可以看见锐利的刺，而在刺上，你则能看到斟满阳光的花朵。

带着微笑上路

文/崔鹤同

1998年7月22日，桑兰代表中国参加在纽约市长岛举办的友好运动会，不幸因体操练习中意外失手，使脊椎严重挫伤而造成瘫痪。但是这个阳光女孩用她的努力和坚强，以“桑兰式微笑”征服了无数世人。她继国际著名影星成龙之后，成为了2008年申奥形象大使,也是2008年北京奥运会火炬手。由她发起，经中华国际医学交流基金会研究同意，设立了中华国际医学交流基金会——桑兰专项基金。她还加盟了星空卫视，成为《桑兰2008》节目的主持人，而且在众多媒体上开设了她的体育评述专栏。

是的，10年来，桑兰带着灿烂的微笑，一路前行。她灿烂的微笑和微笑着的人生，感动了世界。听说一个女孩急急忙忙地准备出门参加一个重要聚会，母亲检查了女儿的行装，确实无可挑剔之后，又幽默地叮嘱了一句：“你忘了带着微笑上路！”

带着微笑上路！说得多好！

人的一生就是一个行走的过程。人生之路，既有通都大邑，也有羊肠小道;既有鸟语花香、阳光灿烂，也有冰天雪地、阴云密布。无论什么时候，遇到什么情景，无论是顺境还是逆境，都要心存坦然，乐观面对。带着微笑上路，勇往直前。

带着微笑上路是一种豁达。人生在世，既会成功、富有、幸福和欢愉，也会失败、贫穷、受难和痛苦，而且十之八九不如人意。因此，要善待得与失，得之淡然，失之坦然。失去了今天，还有明天;太阳落下山，月亮会升起来。留得青山在，不怕没柴烧。在困顿与窘境中带着微笑，是一种超然和大度，犹如雄鹰在狂风中搏击，苍松在冰雪中傲立。

带着微笑上路，是一种智慧。外国人说，别为打翻的牛奶而哭泣！宋朝诗人杨万里有诗云："风力掀天浪打头，只须一笑不须愁。"事已至此，怨天尤人，悲观失望，只会使人丧失斗志，委靡不振，畏缩不前。只有乐观面对，才能振奋精神，鼓舞士气，增强战胜困难的决心，从而迎来新的机遇。

带着微笑上路，是一种希望。在跌倒时微笑，意味着又一次站起；在冰雪中微笑，预示着春天的临近；在失败时微笑，坚定成功的信念；在病痛中微笑，增强战胜疾病的勇气。失去了滔天巨浪，就缺少大海的雄浑；隐息了飞沙走石，就没有沙漠的壮观。人生遇到挫折和磨难，更平添豪迈和壮丽。微笑着走过山重水复，便会迎来柳暗花明。

人生只有一次。活着就是奇迹。善待生命，善待自己。带着微笑上路，在每一个清早，向着天边一抹淡红的晨曦；在每一个春天，面对枝头凸起的苞蕾；在每一次迈出家门，眺望遥远的地平线……带着微笑上路啊，豪情满怀，精神抖擞，成功和幸福，就在前面守候！

怎么生活最幸福

文/沈岳明

拉里·爱德华出身贫寒，缺吃少穿的日子，让他从小便感受到了贫穷给自己和家人带来的耻辱。邻居的嘲笑、同学们的取笑，常常让拉里·爱德华伤心不已。他对别人的态度很敏感，甚至路人一个不同寻常的眼神，也会让他难过半天。

他觉得自己是世界上最不幸的人，所有鄙视他的人都比他过得幸福。于是，拉里·爱德华决心出人头地，他要跟那些鄙视他的人过上一样幸福的生活。他几乎不跟同学们来往，哪怕是一丁点时间也要用在学习和工作上。课余时间，他不是在图书馆学习，就是在快餐店打工。他靠自己打工挣钱读完中学，并考上了大学。此时，他认为自己的第一个目标已经实现。但幸福的感觉很快离他而去，因为昂贵的大学学费还等着他用课余时间去挣呢。

好不容易大学毕业了，拉里·爱德华觉得，要想过上幸福生活，自己还得继续努力。于是，他在一家大公司找了一份工作，因为他从小就羡慕那些出入写字楼的白领。可是，当他坐进明亮的办公室，每月拿着固定的薪水时，他才知道，原来白领也不幸福。因为不但要受老板的气，还要受同事的排挤。拉里·爱德华每次看到老板夹着公文包，大摇大摆地出入高级餐厅时，他觉得只有当了老板，才能过上自己想要的幸福生活。

拉里·爱德华用自己几年的积蓄去注册了一家小公司。又经过几年的努力，他的小公司变成了大公司。他拥有了曾经梦寐以求的豪华别墅、高档轿车和巨额银行存款。这时，就是下半辈子不工作，他也吃穿不愁了。可是，幸福却没有随之降临。令拉里·爱德华烦恼的是，他的员工总是不听话，不但偷懒，工作效率低，还老要求加工资；他的竞争对手心狠手辣，整天想着要挤垮他的公司，让他没有立足之地;还有，从邻居和路人的眼神里，他也看到了人家对他的嫉妒。因而，拉里·爱德华觉得世界上所有的人都比他幸福。

由于心情不好，拉里·爱德华开车时老走神，这最终导致他出了车祸:他的高级轿车钻进了大货车底下。轿车报废了，所幸拉里·爱德华只是受了点皮肉伤，没有生命危险。事后，一想到那惊心动魄的一幕，拉里·爱德华就吓得浑身发抖。他突然明白，活着是多么美好啊！一个人只要拥有了生命，就是最大的幸福。

生活不是平凡的

文/澜　涛

这天下班回到家门口时，见邻居家的8岁男孩正在门前堆雪人。可能是因为这个男孩有智障的缘故，雪人的身体被堆成了方形，头成了三角形。看到我在看他的雪人，小家伙主动和我打招呼。我回应着，笑着问他，怎么想起来堆雪人了，因为这场大雪是三天前下的。他一脸认真地对我说道："今天是妈妈的生日，这个雪人是我送她的礼物。"随着男孩的话，我突然意识到，这个智障男孩的心中和我们一样有着同样的爱。我不由得有些感动，就多问了一句："这个雪人很漂亮，他是谁啊？"男孩立刻憨声又兴奋地回答道："是我啊，不像吗？"我的眼睛一下湿润了，为眼前这个要把自己送给母亲的智障男孩。

男孩是在一岁左右因为高烧救治不及时而导致智障的。男孩两周岁的时候，他的父亲见他康复无望，抛下他和他的母亲不辞而别，他开始跟随母亲相依为命。男孩的母亲因为没有太高的文化，经人介绍做马路清洁工。母子俩的生活可以用清贫来形容。

那是一个周末。男孩的母亲敲开我家的房门，我一下被眼前的她惊呆住了：印象中一向穿着工作服的她，竟然穿着一件鲜红的外衣，头发也比平时光鲜了许多。觉察到我的惊讶，她有些羞怯地拉了拉自己的衣角，然后有些羞涩地问我："你看看我的衣服怎么样？"原来这天，男孩认会了0到9十个数字。因为男孩的母亲答应男孩,认会十个数字后就奖励他，所以母亲将自己多年前买的衣服穿上，要带男孩去看公园里的免费节目。

我看着眼前的这位母亲，连连点头称赞着好看。是的，那一刻，男孩的母亲在我心里，是世界上最美丽的母亲。

又一天早晨，我像以往一样翻看当天的晨报。社会新闻版面的一幅照片吸引了我。照片上，邻居男孩和他的母亲依偎着笑得异常灿烂。

原来，男孩的母亲在一个清早清扫马路时，捡到一个装有两万元现金的皮包。为了等失主，男孩的母亲在捡到包的地方等了几个小时。因一直没有等到失主，她将钱交到了所在的清洁公司。清洁公司将这件事情说给了报社的记者，记者对男孩的母亲进行了采访。男孩的母亲在回答记者提出的为什么会"拾金不昧"、为什么没有把钱偷偷地留下等的问题时，说道："那本来就不是我的，我怎么能留下啊！"

慢慢地放下报纸，我的心被邻居的话温暖着。一直以来，我认为邻居男孩和他的母亲是平凡得不能再平凡的人。然而，他们展示出来的却是接连不断的精彩。

我终于懂得一句话的内涵：人是平凡的，生活不是平凡的。

我们或许都是平凡得不能再平凡的人，但这丝毫不影响我们将生活诠释得精彩与华美，只要我们的心中拥有信念、无私与爱。

牙齿上长出了花

文/张达明

我的一位高中老师，今年快七十岁了。那次，我去看望他。正闲聊中，老师突然一摆手，接着就从嘴里拔出一颗松动的牙齿来，然后笑着说："你看，这些不争气的牙齿，隔上段时间总要掉一颗下来。"

我安慰老师说："这是自然规律，每个人都要经历的。今天掉一颗，明天再掉一颗，直到掉完为止。"

老师呵呵地笑了，对我说："你跟我来。"说着，就捧着那颗刚掉下的牙齿走到院子里，来到还未开花的一个花盆前，然后极其小心地刨开花盆里的土，把那颗牙齿轻轻地埋了进去。

老师做这件事时，显得很虔诚，仿佛埋下去的不是一颗掉落的牙齿，倒是一件无比珍贵的宝贝似的。

过了一个多月，是老师的生日。我们几个同学相约着去给他祝寿。老师对我们的到来显得很高兴。大家寒暄了一会儿后，老师突然问我："你还记得我埋的那颗牙齿吗？"

我说当然记得了。老师此时又笑呵呵了，神秘地问我："你猜猜看，在那颗牙齿上面长出了什么？"

我不解其意，好奇地问他："不就是颗牙齿吗？它还能长出花来？"

老师大笑了起来，说："算你说对了，它还真就长出花了。"

其他同学不知老师和我说什么那样热闹，就打探起来。老师却不回答，径直领着大家来到院里，指着那盆白玉般光洁的花朵说："看吧，这里面埋着我一颗牙齿呢。可在它的上面，已经长出了鲜艳的花朵。"

同学们都很惊奇，连连问老师怎么回事，老师说："是天意，也算是奇迹吧。这就像生活一样，它并不因为你的苦恼而有任何改变。你若坦然地面对出现的苦恼，生活反而会变得像这朵花一样美好起来。"

同学们"哇"地叫了一声，都俯下身子，仔细观赏起老师牙齿上长出的那朵鲜花来，嘴里不住发出啧啧的感叹声。

假如你学会了怎样去快乐生活，你也会像我的老师一样，把原本看来是糟糕的心情转化一下。你会发现，它在你面前却不再是无尽的苦恼，而是让你愉悦的美丽花朵。

花自芬芳

文/顾晓蕊

每个人都期望生活花好月圆，可事实上不如意的事情，总是如一粒粒冷硬的石子投入水面,荡起阵阵烦恼的涟漪。“世界上唯一你可以拥有的东西就是过程，而时间永远是流逝的。”史铁生如是说。生命往往由不得我们选择，我们所能做的只能是微笑面对，用心感悟生命过程的美好。

那天上午，我的办公室来了三位母亲。她们是来申请困难家庭救助。按照程序，需要先核实相关资料，然后填写申请表。第一位母亲是位三十多岁的女子。她一袭白色长裙，头发顺直飘逸。她的女儿先天听力障碍,需要高昂的医疗费用。我以为这样的家庭，生活应当晦涩、苦恼、充满抱怨，可是她却开朗乐观，满怀希望地陪伴女儿四处辗转、积极配合治疗。

第二位母亲衣着随意，神情略显拘谨。她儿子的腿先天残疾。每当别的同学上体育课时,他只能坐在一旁远远地看着。他曾经问母亲，他的腿为什么会这样。母亲说，你小时候很淘气，不小心摔了一跤。母亲编造了一个善意的谎言，是为了不让儿子幼小的心灵过早的留下阴影。她在维护一个小男子汉的尊严，等待合适的时候，让他平静地接受生活中的不完美。

最后进来的是一位中年妇女。她的爱人前些年病逝，为了供养儿子读书，她退休后仍四处打临工。她说自己最近要到外地做家政服务,趁身体健康多挣些钱。望着她泛白的头发，我的眼前蒙上一层薄雾，说，“有你这样的好妈妈，孩子真幸运。”她笑了笑，说:“我们所经历的一切，或许都是命中注定。”她没有责怪生活的不公，而是坦然接受命运的安排，努力活出自己的精彩。

填完表格后，三位母亲陆续离开了办公室。我陷入了沉思，转身对同事说：“我们每天为一些小事纠结困扰，看看她们，还有什么可抱怨的呢？”同事抬起头来，与办公桌上一朵淡紫色的小花对视，答非所问：“每朵花，看上去都不一样，可是它们都有自己的美丽与芬芳。”我猛然一怔，被这句充满禅意的话感动。

不管经历怎样的黯淡岁月，只要不灰心、不放弃，我们总能从有情、有义、有爱的尘世间，寻找到种种精神砥砺，牵引自己走向人生的福地。怀特曾说，生活的主题是：面对复杂，保持欢喜。所以，无论何时何境，我们都应当芬芳身心，恬静自我，让生命如花儿般绽放。总有一天，我们会意识到，所有的磨砺与苦难都自有它的意义。

阳光的指纹

文/包利民

有一个考察队在北极考察时，由于遇到了恶劣的天气，进度没能按计划进行。后来天气晴好，队伍才继续出发。队长贝德给队员布置了一个新任务，那就是在记录考察日志外，还要写日记。日记以描写阳光下的景物为主，而且每个人都必须写。队员们对此颇有怨言，却又不敢违抗。好在太阳照耀下的极地荒原上，有许多美丽的东西可以写。

到了后期，大家发现了一个可怕的问题：由于日期延误，考察队将无法在极夜到来之前返回。这意味着他们将在黑暗、寒冷和孤寂中停留很长一段时间。漫漫的极夜终于来临了。人们发现，黑暗和寒冷还可以忍受，只是那份孤寂压抑得每个人都要发疯了。这时，队长贝德宣布："现在我要检查你们的日记，请大家依次朗读！"人们安静下来，只有朗读者在声情并茂地讲述阳光下的故事。人们仿佛看到了闪着银光的雪原，看到了成群的企鹅奔跑的身姿，看到了北极熊从水中爬上冰块，看到了阳光下美好的一切。就这样，每朗读一篇日记，人们心中都会想起许多美好的事物，烦躁和焦虑一扫而光，心完全被美丽的憧憬和回忆占领了。

终于，漫长的极夜在朗读中过去了，久违的太阳又缓缓地升起来了。人们欢呼歌唱，忽然明白了贝德队长让大家记日记的良苦用心。

其实，只要你的心被阳光温柔地抚摸过，只要心中能留下阳光的指纹，周围纵使是无边的黑暗与寒冷，你的世界也是温暖而明媚的。

风景在窗外

文/照日格图

看着苍白的墙壁和一滴滴被输进我身体的液体，我曾深深地绝望。那年我 18 岁，在一场篮球赛中不小心骨折。当同学们匆忙地把我背到医院时，医生冰冷地告诉我：你的后半生可能会在轮椅上度过。

那段时间我曾拒绝治疗、拒绝见任何人。躺在病床上，我能隐约听到父母在医院楼道里不停地走来走去的声音。同学们来看我，给我送来了一篮篮鲜花。或许他们不知道，那些娇嫩的生命，对一个躺在病床上、有可能要失去行走能力的少年来说，是多大的伤害。

我开始砸病房里我能抓得到的所有东西。父母绝望了，他们不知道怎么安慰他们的这个脾气暴躁、对生活充满憎恨的孩子。我拒绝治疗。每一次医生来，我都会没好气地把他们赶出病房。一连半个月，我没有从母亲的脸上看到过任何愉悦的表情。

那天，同桌刚来医院看望我。他是我在班里最好的朋友。也只有他来的时候，我的情绪能稍微平静一些。那一天，他没有给我透露外面的任何消息，包括班里的动态。他默默地陪了我一个小时，然后默默地站在窗前。

阳光从窗户温柔地倾斜下来，病房里逐渐变得温暖可人。

“路边的树都开始绿了。几个孩子放学了，正在往家走。他们的衣服真红，有些耀眼。还有几个孩子，父母并没有接他们。那边的树上还有一些鸟，但看不清是什么鸟。”他淡淡地描述着窗外的风景，并不理会我的感受。

片刻后，他走出病房。

躺在病床上百无聊赖的我，突然想看看刚描述过的风景。我知道，从病床到窗台仅有几步之遥。

我试着坐了起来，把一只脚放在地上。“啊……”我忍不住叫了起来，一种让我难以忍受的痛布满全身。

我迅速爬到了床上。几分钟后我再次试图下地。我只走了一步，就知道自己错了。那样的疼痛使我根本无法向前迈步。我开始在地上爬，终于到了窗台下面。我扶着我曾厌恶的白墙，努力地站起来。这一次我成功了，虽然双脚依然疼痛难忍。

我深吸一口气，向窗外望去。我失望至极：窗外的树还是那样光秃秃的，冬天依然在这个城市里肆虐着。候鸟也根本没有来，路上的人们依然穿着厚厚的棉衣。

我开始诅咒我那同学。同时又感觉到，北方的春天姗姗来迟是常事，何况现在才到三月中旬。

我同样艰难地爬到病床上。

那晚，当疼痛与黑暗再一次包围我时，心灵的窗户却缓缓洞开。其实我们的内心都有一处这样的风景：那里阳光灿烂、树木葱绿、莺歌燕舞。当我们面临困苦的时候，常常忽略了还有一处那样的风景。

我开始全力配合医生的治疗，开始吃妈妈做的饭，开始让同学给我补课。

半年后，我顺利出院。在医院门口我看见了刚，他的笑容明朗。

后来，我们常聊起那一次经历。当我说出以上那些话时，他微笑着告诉我：或许我们并没有忘记还有那样的风景，只是觉得风景永远在窗外。然而，当它沁入你内心的时候，便能化作无穷的力量。

幸福储蓄罐

文/古保祥

他是一个从小失去幸福的孩子：父母离异，他跟了父亲；父亲在一次交通事故中永远离开了他；他只有跟着年迈的祖母相依为命。

他从小养成了孤僻乖戾的性格，遇到不顺心的事情，总会大发雷霆，甚至会将一切不幸归咎到母亲身上。如果没有她的不辞而别，自己不会从小便失去亲情，父亲也不会悲恨死亡。因此，他对整个世界充满了失望。

有一天，祖母突然对他说，我送给你一件礼物，叫幸福储蓄罐。你每天将自己认为最幸福的事情记下来，写成纸条装进储蓄罐里。祖母说着便拿出一个奇形怪状的罐子来，它的外面糊了许多层花纸，大概是祖母的手艺。他高兴得不得了，问祖母怎么记录幸福。

祖母笑着说，任何属于快乐的事情都叫做幸福。只要有什么事物引起了你的兴趣，能够为你一天的学习或者玩耍带来好运，你都可以将它们记下来。比如说，你捡到一枚玻璃球子，或者你叠了一只纸飞机……

那天晚上，储蓄罐里有了第一批珍品。他分别记录了一天遇到的一些小事情：祖母为自己准备了幸福储蓄罐，使自己找到了幸福的方向，这个应该当作第一。第二是什么呢？对了，隔壁的阿姨送来了一篮子草莓。草莓香甜可口，祖母说了声谢谢。对，谢谢，这是一个多么令人神往的词汇呀！第三，我今天放学时，看到一个老人跌倒在雨地里，当时许多人不愿意扶她，我过去了。其实扶起一个大人并不费事的，只是许多人不想做罢了。

那一天，他在街上遇到了母亲，她和一个大胡子男人在一起。她忽然看到了他的眼睛，羞涩地转回头。继而，她醒悟似的跑了过来，要带他去买东西，还想要吻他。他拒绝了，发疯似的跑了好一段距离。回过头时，他发现母亲疲惫地站在街口，眼睛里装满了凄凉、愧疚。

那晚，他破例没有储蓄幸福。祖母问他怎么了，他讲述了白天遇到母亲的经过。祖母叹口气说,以前的事情都过去了，总算你平安长大了。你母亲能够跑到街口追你，就说明她一直爱着你，这就是一种幸福。

这也是幸福吗？他疑惑地拿起笔来，遵照祖母的意思写了下来。晚上，他躺在床上，百思不得其解。他不明白，母亲对不起他们全家，为什么追自己还成为一种幸福呢？

他不知道，祖母是在教他用善意的眼光看待人生。一个人心中充满了仇恨，是很可怕的一件事情。它会积累成一个炸药桶，总有一天会报复整个社会。她在用一种别样的方式告诉他，世间充满了爱，只要我们用爱的眼光去发现。

从此，他养成了一个雷打不动的习惯，每天坚持写自己的幸福故事。祖母去世后，他悲痛万分，曾经想过要将幸福储蓄罐扔掉，但最终没舍得。后来，一个罐子不够了，他便又买了一个罐子。到 60 岁那年，他一共积攒了 400 个这样的储蓄罐。

2001年的春天，在美国佛罗里达州一个偏僻的小镇上，一个叫罗安的老人举办了一场别开生面的幸福展示会，展示会的主题叫做：让我在最幸福的时候遇见你。

展示会引起了巨大的轰动。这个名叫罗安的老人，用自己的一生向大家诠释幸福的真谛。在星星点点的生活碎片中，大家感受到了一种平凡的幸福、简单的快乐和一辈子都受用不尽的爱。

其实，我们每个人都有一只叫做幸福的储蓄罐，只是我们缺少搜集幸福的眼光。我们目光如炬，但看到的净是痛苦、杀戮和创伤。也许，我们缺乏的正是罗安的那双手。他的手网住了幸福，而让所有的苦难从指间漏下。

朝着心中的光亮走

文/矫友田

这件事情，是一位从事音乐工作的朋友对我说的。

有一个小男孩，在出生不到两个月的时候，便被医生宣布将终身失明。失去光明的小男孩，对音乐却情有独钟。一岁左右的时候，他就能随着音乐手舞足蹈。

在他3岁生日时，父母为他买了一台100元的电子琴。然而，没有几天他就掌握了电子琴的全部功能，弹起曲子来，得心应手。尽管他的家境非常贫困，但是明智的父母还是决心让他接受正规的音乐教育。

他的父母省吃俭用，用积攒下来的800元钱，加上借来的300元钱，给他买了一台卡西欧电子琴，并且拜了一位在盲校做音乐教育的教师当启蒙老师。无论什么天气，他的父母都会带着他，背着电子琴去登门求教。他练琴非常刻苦，因为眼睛看不见，所以那些正常孩子只练几遍就能学会的曲子，他要在背后练上几十遍、甚至是上百遍，但是他一点都不气馁。

就从那时候起，他也开始梦想着拥有一架钢琴。电子琴的弦音，已经无法使他充分展示对音乐的领悟和天资。当他的父母用全部的积蓄为他买回一架钢琴时，他激动地哭了。从此，他如鱼得水，愈加勤奋地练琴。随着演奏水平的不断提高，他陆续参加了一些比赛，并在省级钢琴演奏比赛中，获得了非常优异的成绩。

1990 年 9 月，他正式加入了中国残疾人艺术团，并多次随团出国巡演。在奥地利维也纳联合国议会大厅演出时，他出色的演奏引起强烈反响。联合国社会发展中心主席索尔卡斯基激动地说："请注意，这是一个非常了不起的孩子！"

13 岁时，他终于实现了自己的第一个梦想，走进中央音乐学院的校门。又经过几年不懈的努力，他的演奏水平已出现质的飞跃。他已经熟练掌握了 11 套大型乐曲，钢琴小品四十余首，还成功举办了两场个人音乐会。

他非常喜欢西班牙盲人音乐大师罗德里格斯的作品。他说，那些乐符里面有一些更加感性的东西。他就是金元辉，一个 19 岁的盲人青年钢琴家。

记者在采访他时，曾问过他一个"敏感"的话题："你不为自己看不到这个世界，而感到缺憾吗？"

他平静地回答说："缺憾会有，但它动摇不了我的志向。眼睛的缺憾，使我拥有了一双更加'优越'的耳朵和一团希望的火光。"

没有谁能够否认，这个坚强的男孩，在某一天会和罗德里格斯等音乐大师齐名。是啊，一个人的心中只要拥有不熄的火光，即使身在茫茫黑夜，跋涉的路途异常遥远，也总能够坚定不移地走下去，迎来人生的光亮！

第六辑

人生其实是精彩的

RenShengQiShiShiJingCaiDe

用耳朵寻找幸福

文/谢胜瑜

厄运发生在陈燕3岁那年。医生告诉她的父母说，陈燕患有白内障，即使做了手术，视力也达不到0.1。于是，父母决定抛弃她。

是奶奶抱起了陈燕，并给陈燕花钱做了手术。手术之后，陈燕的右眼完全失明，左眼可看到1米以内东西模糊的影子。

她一次次地撞到墙上、树上、门上、桌子上，跌倒在地上、沟边。但奶奶从不扶她，而是厉声让她自己爬起来。奶奶对她说："不要哭，不要被人可怜。如果你要过上好日子，你就要比别人多吃苦。因为，你眼睛看不见。"奶奶还对她说："你没有眼睛，但你还有耳朵。你可以用你的耳朵，听出东西的距离和模样。"

为了锻炼陈燕耳朵的"眼力"，奶奶找来五分、二分和一分的硬币，抛在地面上，让她辨识它们掉落在地面声音的细微差别。千百遍之后，陈燕终于用耳朵听见了它们各自的"模样"，这时她已经5岁了。5岁的陈燕，凭借一双耳朵的"眼力"，可以在屋里屋外自由活动。但奶奶似乎忘了她是一个"瞎子"，竟然吩咐她过马路去买酱油、买盐。马路上人来车往，这有多危险啊？可奶奶不管，说："不要告诉自己你是瞎子！你不要拿棍子探路，更不要拿棍子去乞讨。”

她摔倒，她哭泣，她遭人欺负……这样的时候，奶奶从来没有出现。每一次，她从外面回来诉说委屈，奶奶都毫不怜惜地说：“没有人可以做你的眼睛。你的路只能用你的脚去走，你的世界在你耳边。”

奶奶去世的时候，陈燕已是大姑娘了。握着她的手，奶奶表达了三个心愿：一是找到一份自立的工作，二是成个家，三是买个自己的房子。最后，奶奶告诉她说：“陈燕，从小到现在 20 年，无论你走到哪儿，奶奶都跟在你后面，从来没有离开过你。你摔跤，我在后面哭；你在前面走，我在后面提着一颗心；你被人欺负，我暗自伤心……”

奔涌的眼泪,把陈燕所有的委屈冲了个干净。在她的内心，只留下感激：因为奶奶的“无情”，陈燕早就不再是瞎子——她去上盲人学校，去学跆拳道，她学开卡丁车、滑旱冰，甚至学深水游泳，没有一样不成功。更难得的是，就在陈燕盲人学校快毕业的时候，她考上了钢琴调律师专业，成了中国盲人学习钢琴调律的第一批学生。一架钢琴有八千多个零件，比人体结构还要复杂,调律师要把这些零件拆装自如。这时候，她从小练就的听力起了作用，找部件、听音准，她在全部的学员中是最快最准的。以至于她上门去求职时，她帮一家琴行调好了一台钢琴,对方居然都没看出来她是一个“瞎子”……她成了中国最早学成的盲人钢琴调律师。

2002 年底，钢琴调律技术娴熟的她，开设了中国第一家钢琴调律网站和钢琴公益咨询热线。从此，她白天摸索着外出给人调琴，晚上回家接听热线。到 2006 年初，她把奶奶生前的三个愿望悉数完成：有了一份收入不错的工作，成了家，还买了一个大大的房子。

幸福生活其实就摆在我们每个人面前。关键是，当你的眼睛看不见它的时候，你会不会想到并且相信：你一定还可以用耳朵去把它找回来！

生命的远方

文/李雪峰

小时候，我家屋后不远的地方是一片蓊蓊郁郁的林子。林子里，绿荫蔽天、鸟语花香，风景十分迷人。春末夏初，一朵一朵的野玫瑰开了，一丛一丛火红的映山红开了。尤其是那林地边缘的草地里，一颗颗褐红色的野草莓熟了，酸酸的、甜甜的，像一粒粒散落在草地里的星星，好看又好吃。

我十分向往能到那片小森林里去，去采一竹篮野蘑菇，或者采撷那些能染得嘴唇也红红的野草莓。

但我总是不能到达那个林子中去。因为，去林子的路上，有一根细细的独木桥。那个独木桥很窄，只是一棵砍倒的桦栎树，静静地横放在幽深的涧溪上。每当小朋友们蹦蹦跳跳跑过去时，我跑到独木桥边，看看细细的独木桥，又看看那黑幽幽的涧溪，两条小腿立刻就软了，根本不敢踩上去。

有一次，我禁不住那片林子的诱惑，斗胆踩到了桥上去。两眼往桥下看，脸刷地就白了。涧溪是那么的深，溪水轻唱着，像是从大地看不见的深处传来的，而我脚下的独木桥是那么细，顶多只有我的一只小脚丫宽。我吓得踩住了蛇似的，立刻跳脚退了回来。

小朋友们对我说："过独木桥时，你千万不要往自己的脚下看。要不,你自己会被自己吓住的。你别在意你自己的脚下，要把目光朝远处看。"小朋友们争着给我做动作，他们个个目视前方，窄窄的独木桥在他们的脚下如履平地。他们再三告诉我说："别看脚下，朝远方看。"我不再看脚下的涧溪，不再去看脚下那根细细的独木桥，我把目光投向对岸那片迷人的小树林，投向比小树林更远的丛林和山峦，投向遥远处的蓝天和白云。果然，我很轻松地走过了独木桥，走到了那片草长莺飞的林地，走到了那草畦中结满了褐红色野草莓的草地上。

可能，在人生的旅程中，我们也会常常遇到许多这样的独木桥。一些人向脚下看，那些深不可测的生命溪涧，那象征困苦和艰辛的生命独木桥，吓得他们战战兢兢再也迈不开步子。于是，他们就成了生命的失败者，永远留在了失败的此岸。而那些目视远方的人,他们从不把目光投在自己的脚尖下。他们盯着岁月和生命的远方，盯着未来和梦想的远方。于是，他们的脚尖在困苦和艰辛面前，轻盈地飞翔了起来，抵达了一个个成功的彼岸，成为岁月和生命的胜利者。

不要太注意脚尖下的困难，把目光锁定在生命的远方。这样，微小的沙砾才不会变成阻挡我们成功的巨石，而巨石般的困难才会萎缩成一颗微不足道的沙砾。

天使的手

文/孙君飞

穷孩子丢勒的兄弟姐妹一共有18个，他的父亲也仅仅是一个普通的工匠，可以想象他家是如何的艰难困苦。

令人费解的是，丢勒竟然在食不果腹的窘迫中迷恋上了绘画，在他眼中一幅优美的画作胜过人间所有的美味。可敬的父亲没有嘲笑他，反而在他15岁的时候，送他到纽伦堡师从一位画家。

在老师的学徒中，有一个叫奈斯丁的青年，他也来自贫寒的家庭，丢勒跟他很快成了可以托付生死的朋友。

白天，他们从事繁重的工作，除了解决温饱，更重要的是为换来昂贵的纸张、画笔和颜料，晚上学习绘画。毕竟他们还是孩子，精力有限，渐渐地他们感到力不从心，绘画水平一直没有明显的提高。

前途未卜，潜伏的才华、创造的欲望令他们痛苦万分。如果彼此甘心平庸也就罢了，可是他们都是渴望新生活、雄心勃勃的人。

思索再三，奈斯丁做出了一个非常崇高无私、令人吃惊的决定：他先放弃绘画，专职去工作，全力以赴支持丢勒，等

丢勒成功了，再来资助他。丢勒不愿意，他认为自己应该先放弃绘画，因为他年龄小，有的是机会。但奈斯丁一口拒绝了，他认为丢勒的天分比他高许多，现在也正是他学习绘画的黄金时期。

从此，奈斯丁早出晚归，擦桌子、洗碗、砍柴……不管活儿多累多脏，他都干，只要能够挣钱。为丢勒创造一个相对安稳的学习环境，他任劳任怨。看到丢勒不断在绘画的道路上进取，他感到非常欣慰。但是丢勒常常对自己的进步不满，面对那些不够完美的习作，他总是唠叨不休，声称不如叫自己去工作，让更有才华的好朋友去实现他们共同的理想。奈斯丁就千方百计地劝慰他，直到他恢复平静和自信。

3年后，丢勒的才华终于迸发了出来。他的作品逐渐引起了人们的关注，甚至有人开始收藏他的作品。

一天，丢勒兴冲冲地拿着卖画得来的一笔钱，一跨进门槛，就紧紧地拥抱奈斯丁，眼含热泪地大叫他们终于有钱了。从此，好朋友再也不用吃苦受辱了，他们要并肩携手去实现壮丽的人生理想。

奈斯丁却慢慢地蹲下身子，用手捂住自己的脸，伤心的泪水从手指缝里像泉水一样涌流出来。丢勒的心颤抖起来，他惊慌失措，不知怎么办才好。

过了一阵，奈斯丁擦去泪水，平静地对丢勒说："不！丢勒，我不能再学画了，一切都太迟了。"说着，他举起了自己的双手。这双手的每一根指头都受过伤，一根手指的骨头甚至已经被砸碎了。最近，奈斯丁又得了关节炎，连端盘子时手都会颤抖。老板将奈斯丁驱赶了出来，他现在只能去淘阴沟了。这样的手怎么能再拿起那纤巧的画笔，描绘出那出神入化的线条？

丢勒一遍又一遍地抚摸着好朋友的双手，痛哭流涕。奈

斯丁安慰丢勒，说现在他终于没有什么可遗憾的了，因为丢勒也实现了他的梦想。

隔了几日，丢勒从外边回到这个特别的家里。无意间，他发现奈斯丁跪倒在地上，高仰着头，眼泪长流，那双触目惊心的大手虔诚地合在一起，庄严地高举在头顶。他深情地祷告着："万能的主啊！求你赐予双倍的才华给丢勒，愿他成功，愿他达到我终日盼望的那种艺术境界……"

丢勒听着听着，禁不住泪流满面。他急忙抓起画笔，怀着对天使的敬畏和热爱之情，用他惊世的才华画下了这双举世无双的手。

后来，丢勒成了德国伟大的艺术大师，而他的生死之交奈斯丁很快被世人遗忘了。不过，那幅名为《手》的杰作至今依然珍藏在纽伦堡的陈列室里。观众每当看到那双粗糙不堪、青筋暴露、长满瘤节的手，都会感到震撼。每当了解到背后的故事，都会赞美这真是天使的双手，美得惊心动魄，美得让上帝为之缄默。

夜里的天空很蓝

文/包利民

门悄悄地在身后关上，莱森的身影融入黑暗之中。屋里，6 岁的哈里问 10 岁的姐姐琼丝："姐，哥哥怎么又在晚上跑出去了？"琼丝说："你没发现吗？他白天有了什么不顺心的事，夜里准要溜出去！"

13 岁的莱森走在无人的郊外，此际，小镇上的灯火已经依次熄灭。不像在白天，要清晰地面对同学们的嘲笑。夜色将他隐藏得很好，包括他那张扭曲变形的脸。6 岁那年的一场抽搐病，使得他的脸再也不能恢复到本来的面目，那副口歪眼斜的样子，在同伴们眼中是怪物，他也在这种称谓中度过了一年又一年。那一场病，把他的生活推入了黑暗之中，只有在漆黑的夜里，他才会有一种释然的感觉，仿佛戴上了一张无形的面具。

永远不会忘记那年出院的时候，莱森在家门前遇到了几个平时的玩伴，他们一见他立刻四散奔逃，一个小女孩竟吓得大哭起来。连弟弟妹妹对他也有着一种恐惧，面对镜子的那一刻，他自己也惊呆了。他硬着头皮去上学，躲闪着别人的目光，沉默寡言，度过一个个漫长的白天。夜里却是他的世界，他可以肆无忌惮地穿行于一条条街上，可以在任何感兴趣的地方停留，甚至可以在野外放声高歌，他觉得自己的声音很美，却只是一种无人欣赏的美。

有一天夜里，莱森翻身下床，走出屋去。家里人已经习惯了他的行为，只是有一次妹妹担心地说："哥哥这么晚出去，不会遇见坏人吧？"弟弟却说："没事儿,他会把坏人吓死的！"其实，在夜里的小镇上，莱森很少能遇到行人。那个晚上，他悠闲地在街上漫步，没有路灯，没有月亮，他的脚步轻快而自在。忽然，在一所学校的门前，他隐约看到有个黑影站在那儿。他向前靠近了几步，看出那是一个七八岁的小女孩。经常在夜里活动,他的目光已经能适应黑暗了。只是这么晚了，小女孩怎么一个人站在这儿？在好奇心的驱使下，莱森又向前走了几步，听见那女孩在低低的哭泣。于是他走到近前，问："这么晚了，你怎么不回家？"小女孩吓了一跳，停止了哭泣，莱森忙说："我也是学生，你别怕！"女孩说："放学后妈妈没来接我，我自己回不去！"莱森问："你家住在哪儿？我送你回去！"小女孩犹豫了一下，说出了住址，并把手伸给莱森，莱森拉起那只小手，带着女孩向黑暗中走去。

有微凉的风轻轻流淌，小女孩不一会儿就变得欢快起来，问着一个又一个问题，而莱森也一改常态地一一回答，一年中他也没有说过这么多的话。他庆幸这么黑的夜，使得小女孩看不见自己的样子，他也第一次感觉到，自己原来是这么健谈的。忽然，女孩问："大哥哥，你看，天空是不是很蓝呢？"莱森有些奇怪，夜里黑漆漆的，怎么会有蓝天？他抬头向天，果然，天空是暗蓝的，点缀着一颗颗明亮的星星，就说："真的，天空真的很蓝呢！"

说笑之间，到了女孩的家，敲了门，女孩的妈妈走出门

来，惊奇地问："迪娅，你不是被奶奶接走了吗？"迪娅说："奶奶没有去接我呀！我在校门那儿等到天黑，是这个大哥哥送我回来的！"她回头问："大哥哥,你叫什么名字呀？"莱森说："我叫莱森！"迪娅欢快地说："你真好，莱森哥哥！"莱森却说："要是在白天遇见我，你会吓得哭鼻子的！我长得很吓人的！"迪娅笑着说："才不会呢，大哥哥，你长得吓人也没关系啦，我的眼睛什么也看不见，白天晚上都一样！我看不见天空，才问你是不是很蓝。再说，你这么好的哥哥，长得再吓人我也不怕！"

回去的路上，莱森仰头看着夜空，暗蓝的天上繁星点点，他忽然感觉心里有什么东西忽然就落了下来，轻松无比。那一天，他在日记中写道：感谢迪娅，让我知道了夜里的天空很蓝！丑陋的无须隐藏，闪亮的也不能掩盖，就像黑暗遮不住夜空的蓝！

那夜以后，莱森再也不将自己躲藏起来，他向每个人微笑。虽然那微笑还是那么狰狞，可是却是从他心底绽放的花，再扭曲也是美丽的。莱森微笑着走过了生命的长夜，走到了阳光之下，也会带着这种心境，走过风雨起落的一生。

让生活沸腾

文/李雪峰

那一年秋天，我连续第二次高考失利。落榜的消息传出后，我心灰意冷地整日躺在家里，由于焦虑和沮丧，我饭吃得很少，觉也睡得很少。半个多月过去，体重一下子少了近二十公斤。

爸爸和妈妈忧心忡忡，给我找来了在镇南开铁匠铺的二叔。二叔是个典型的乡村汉子，浑身结结实实，壮得像一座铁塔。二叔总有乐不完的事，整天朗声大笑，就是拉风箱或者抡锤时，二叔总是乐呵呵的。二叔在我家客厅坐了一会儿，敲敲我卧室的门，粗门大嗓地说："老躲在家里有什么意思，没事儿跟我抡锤去！"

我待在家里也没什么事儿，想想就去了二叔的铁匠铺子里。二叔笑眯眯地跟我说："你没打过铁，不是什么铁匠把式，来吧。你抡偏锤我打正锤，管保咱叔侄俩打得出一手好农具。"偏锤就是重锤，8磅重的大锤呼地抡起来，再"嗨"一声呼地狠狠砸下去，砸得铁星四溅。而正锤是引锤，就是一把大铁斧一样的小锤子，需要往哪里砸，二叔扬着引锤"哐当哐当"在哪里敲一敲，我大锤的落点就随着二叔的引锤走。铁砧的旁边，是一个水槽，火红的铁坯打得有些蓝亮时，二叔就把

铁坯丢进水槽里，火热的铁一浸到水里就呼地腾起一团团浓浓的白雾。半晌过去，往水槽里浸了几块热铁，水槽里的水便沸腾起来了。二叔说："孩子，生活就像这槽冷水，如果你是块冷铁，浸几次，你会生锈的；如果你是块热铁的话，这冷水不仅会使你成为一块好钢，而且你还会让水沸腾。"二叔又浸进去一块铁块说："不管它是冷水还是冰，只要你像这块铁一样火热，你就会让生活沸腾起来的！"

我明白了，自己两次高考失利，不就是往生活的水槽里浸了两次铁吗？水没沸腾，那是我的热铁浸得太少了，只要我一直执著地朝生活的水槽里浸进自己心灵的热铁，生活就一定能在某个时候沸腾起来的。

无论对谁，生活都只是一槽冰冷的凉水。要想让你的生活沸腾，让你的生活绽出热情的火花，只有恒久地保持你的心灵的火热。

火热的心灵，才能点燃你火热的生活。

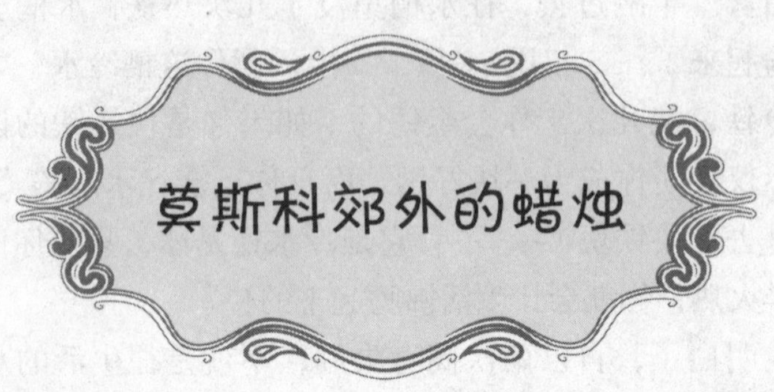

莫斯科郊外的蜡烛

文/包利民

这是1941年的冬天，德军在苏联本土的战争进入最黑暗最艰难的阶段。上士克利特和他的同伴们多次在莫斯科城外被击溃，他的心渐渐地变得和这个冬天一样冷。这场战争对于他来说，是一场噩梦，包括他当兵也是被迫的。每次战斗中，他都感觉到枪的冰冷，只是机械地向前射击。而这次，他却身上多次负伤，一种绝望的情绪紧紧地抓住他的心。

周围是无边的黑暗与寂静，克利特收回目光，发现那些被炮火点燃的荒草和树木，不知何时已经熄灭。身边没有任何人的气息，伸手所及都是同伴冰冷的尸体。他艰难地站起来，踉踉跄跄地向前走，他想走出黑暗，走出可恶的战争。不知走了多久走了多远，全身都已冻透，淌出的血也凝成了冰。就在他想放弃希望将身体交给大地的时候，远处有一簇微微的火光一闪。他揉了揉眼睛，是的，确实是有一点极小的火光在跳跃。他精神一振，奋力向那边走去。

克利特走近了一片墓园。在墓园的边缘，在一座坟前，一支蜡烛正在静静地燃烧着。他快步上前，扑倒在蜡烛旁，烛光猛地摇曳了一下。他抬起头来，那烛光忽然就映得心里暖暖的。

他将双手拢在烛光周围，两手立刻红成了一颗心的形状。那一刻，他有一种想流泪的冲动。这无边的黑暗吞噬不了一支蜡烛的微光，极度的冰冷冻结不住一支蜡烛的火焰。他的心猛烈地燃烧起来，忽然就充满了希望与力量，他站起身，回头凝望了一下那蜡烛，却于烛光中看见了墓碑上的一行字：尼·科拉夫之墓。克利特大步向远处更深的黑暗走去。

20年之后，克利特已成为德国一家大公司的总裁，他常常会回想起那荒唐的战争生涯，想起自己九死一生地逃回国内，想起莫斯科郊外的那支蜡烛！如果没有那支蜡烛，他的生命早就冻结在异国他乡的土地上。而他也牢记了那个名字——尼·科拉夫！他想知道那是怎样的一个人，想知道为什么会有人于战乱的夜里在他坟前点燃蜡烛。带着诸多的疑问，他重又踏上了苏联的土地。

克利特在莫斯科城外几度寻找，却不见了记忆中的那片墓园。也许是当年于黑暗中不辨方向，他竟很难在心中理出个轮廓来。不过他并没有死心。那些日子，莫斯科的远郊近郊，都留下了他的身影。终于，他在一个烈士陵园中找到了尼·科拉夫的墓，依然是原来那个墓碑，依然有一支蜡烛插在墓前，却并没有点燃。而坟前，无数被燃过的蜡烛痕迹留在那里。他向陵园的看守者打听尼·科拉夫的情况，那人却说是刚刚调来这里工作的，对这里埋葬的人都还不了解。不过他告诉克利特，每个周日都会有人送蜡烛来，每次送很多，嘱他晚上的时候在科拉夫的坟前点亮。

那个周日，克利特遇见了送蜡烛的人，也终于得知了尼·科拉夫的情况。尼·科拉夫是莫斯科城内的一个普通工人，在莫斯科最艰难凶险的日子里，德军的飞机经常来轰炸。于是一到夜里，几乎所有的房子里都不点灯，怕给敌机以轰炸的目标。

可是，莫斯科并不是完全黑暗的，至少有一所房子里还亮着灯，那就是科拉夫家。

科拉夫当时36岁，未成家，单身一人住在城西的一座平房里。每个夜里，他都要点燃蜡烛，让那昏黄的光亮将自己包围，即便是睡着了，他也要让蜡烛燃着。虽然当时物资奇缺，可由于夜里家家户户都不用照明，因此蜡烛还是随处可以买到。科拉夫就储备了许多蜡烛，用以照亮整个房间。邻居们都劝他，说他这样做很不理智，很危险。他却说："莫斯科不会是永远的黑暗，就算在这最艰难的时候，我也要为它亮起哪怕最微弱的一缕光！"

终于，在一个夜里，敌机扔下的一枚炸弹击中了科拉夫的房子，他也因此殉难，他的家那一夜燃烧成莫斯科最亮的地方。当他的事迹传遍全城，所有的人都被感动都被震动了。每个夜里，千家万户都亮了起来，虽电力中断，却仍有蜡烛的光芒可以点亮全城。科拉夫被人们葬在敌人较少的东郊，而且常有人在夜里潜出城去，在他坟前点起一支蜡烛。

那个送蜡烛的人对克利特说："科拉夫的一支蜡烛，点亮了整个莫斯科，也点燃了所有苏联人的希望和信心！"

克利特说："不，他的蜡烛还点燃了一个德国士兵冰冷绝望的心。我相信，它终将点燃这个世界上所有向往和平的心！"

心灵的站立

文/卫宣利

小院里有棵葡萄树，是父亲在我双腿瘫痪后的第二年栽下的。栽树的时候，父亲把我推到院子里，一边挖坑，一边告诉我，葡萄树是有灵性的，种的时候许个愿，如果树长得旺盛愿望就能实现。父亲说："许个愿吧！"就这样，我们父女俩把美好质朴的心愿寄托在了小小的葡萄树上——希望我能够尽快好起来。

父亲伺弄葡萄树的精心和殷勤一如照顾他有病的女儿：浇水要用刚从井里打上来的水，施肥要用还散发着青草味儿的牛羊粪，松土要用手把土细细碾碎……父亲每天早上都要把我推到葡萄树前，仔细地看上一阵。葡萄树每长出一片新叶，父亲都兴奋得像个孩子，他还信誓旦旦地对我说："等到能在葡萄树下乘凉的时候，你就好了。"

葡萄树长大了，正如父亲所期望的那样，枝繁叶茂。父亲用粗铁丝和钢筋精心地给葡萄树搭了架子。第二年，长长的藤蔓就爬满了半个院子，碧绿肥嫩的叶子在小院的上空舒展着热烈的情怀，生机勃勃！

然而，我依然坐在轮椅上。

其实父亲心里也明白，他的女儿再也不能像只花蝴蝶一样在他身边欢快地跑、开心地跳了，可他依然痴望着、幻想着有一天能出现奇迹……

那年，郁闷孤苦的我拿起了笔。

葡萄树在种下的第三年结了果。连父亲也未料到，他栽下的葡萄树竟是优质品种，不但个儿大味儿甜，而且熟得早。夏日里，那些成熟了的葡萄一串串挂在小院里，阳光透过叶缝落上去，颗颗晶莹剔透，硕大滚圆，好看又诱人。

从此，父亲又多了一项任务。炎热的午后，他总会踩上凳子，摘两串紫珍珠般晶莹的葡萄，用清凉的井水洗了，端到我的桌上。对我说："累了就歇歇，吃点葡萄，解暑。"我便停了手中的笔，津津有味地吃葡萄。葡萄被井水洗过，凉凉的，又酸又甜，真好吃！葡萄汁顺着下巴流下来，我也全然不顾。父亲看我贪婪的样子，一脸满足的笑。有时候他怕影响我，就悄悄地进来，悄悄地放下葡萄，又悄悄地出去。每次吃葡萄，父亲总是不肯吃。他有一个堂皇的理由：怕酸。我拣了最紫的葡萄，送到他嘴边，强迫他吃，他拗不过，只好吃两颗，却立即做出酸得不可忍受的样子，然后绝不再吃。父亲有高血压，为了控制血压，每天都要喝几口陈醋，别说那已经熟透的葡萄，根本就没有一丝酸味，就是真的酸还能酸过醋？我知道，他是舍不得啊！

几年过去了，葡萄树越来越旺盛，一到夏天，它厚厚的绿荫就遮满了小院。父亲坐在葡萄树下戴着老花镜读我发表在报刊上的文章，眼角眉梢挂满了笑意。我和父亲都已经接受了我不能走路的现实，当初许的愿我们也已经淡忘了。然而，父亲却让我明白了：有一种站立更能成就至高无上的尊严，那就是心灵的站立！

一个今天胜过两个明天

文/李丹崖

香港回归祖国10周年时，CCTV记者张泉灵在报道中曾经笑着说:“香港人没有大胖子，就是因为他们走路很快，减了肥；多年前，就说日本人走路快，大街上看不到有人踱方步……”这是看似最为平常不过的话，但是，只言片语之间所潜伏的时间观念值得我们每一个人深思。

时间是一个非常耐人玩味的词。其中“时”是把“日”子按“寸”算，意思是要我们珍惜每一寸光阴；“间”是从“门”缝里挤出来的“日”子，意思是要我们做好对时间的统筹，做好时间管理。

生命就是一场运算，我们每个人穷其一生都在做着两道题，一道是“时间的减法”，另一道就是“年龄的加法”。毛泽东曾在年轻的时候就把一生分为三天：昨天、今天、明天。这样的划分法渗透着伟人的智慧，但也让我们每一个人不寒而栗。

如何处理好这“三天”的关系呢？我们不妨再回到古人的造字法上来。大家可以仔细观察“昨”、“今”、“明”三字，其中“昨”和“明”都是“日”字旁，只有“今”不是“日”字旁，为什么呢？我们不妨这样理解：昨天，我们已经把“日子”收获在囊中;明天还长在时光的枝杈上。对于时间,“昨天”是那样的成竹在胸,“明天”是那样的希望无限,只有“今天”说:我已经没有日子(“日”字)了!

“今”与“金”谐音,且都是“人”字头,意思是告诫我们每一个人:别等了,赶快行动起来,今天就是金子!所以,哲人说:“昨天就像使用过的支票,明天则像还未发行的债券,只有今天才是现金。”不知是不是巧合,“现金”也与“现今”谐音,这是古人在告诫我们:今天就是现金,明天只是定期存款!定期存款再多,也只能代表你是“未来的富翁”,只有手里的现金,才能让你的富有变得名副其实!

对于事业、对于亲情、对于友情、对于人间的一切,今天都是不可复制的。那么,让我们把握今天。

今天就像一个挑夫,他前后挑起两个篮子,前面那个篮子里放着“明天”,后面那个篮子里放着“昨天”。“今天”这位时光的挑夫,在生命的旅程里且歌且行。于是,明天逐渐变成了今天,今天又逐渐变成昨天……在时光的新陈代谢里,今天承前启后,肩挑起历史和未来。

如果挑夫的眼睛光盯着后面的篮子,肯定走不好前面的路。一个人仅仅沉浸在过去的掌声与荣耀里,那么,再辉煌的宫殿注定也只能沦落成短命的王朝。因为,太关注昨天,肯定就要葬送明天。但是,如果太关注明天,不能把握今天,不能走好脚下的路,那么,理想也只能变质为空想。

有这样一句颇具禅意的话:一生的奔波,也只不过是双脚的距离。脚是路的起点,今天是明天的发动机。在今天加油,是为了在明天高速运转。

走笔至此,留一个问题与大家一起扪心自问:今天,我做了什么?

人生其实是精彩的

文/马 德

一天，一个年轻人站在悬崖边，痛不欲生。

这时，一位老人，长髯飘飘，手舞足蹈，缓歌而过。

年轻人止住老人，问："老人家，您为何如此快乐？"

老人朗声回答："天地之间，以人为尊，我生而为人；星辰之中，唯日月灿烂，我能早晚相伴；百草之中，最五谷养人，我能终生享用。我为何会不快乐呢？"

年轻人若有所思地点了点头。

老人看到年轻人愁眉不展的样子，就笑盈盈地问他："怎么了，年轻人，什么事使你如此难过？"

"老人家，我总觉得很自卑，不如别人活得有价值。"年轻人还是满脸的忧伤。

老人微微一笑，说："一块泥土和一块金子，谁更自卑呢？"

年轻人刚要作答，老人摆了摆手，继续说："如果给你一粒种子，去培育生命，泥土和金子谁更有价值呢？"

言罢，老人朗笑而去。

年轻人顿觉释然。

其实，只要我们换一种角度去思考、去观察，就不难发现，生活展现给我们的并不是我们所感觉的那么糟糕，那么阴霾漫天，那么没有希望。

还有那个甜面圈的故事。同样是半个甜面圈，悲观者说：唉，只有半个了。乐观者说：天啊，还有半个呢！也仅仅是换了一个角度，就呈现出了两个完全不同的世界。可见，换一个角度去看问题，对我们的人生来说是多么的重要啊！

固然，任何人的人生都不可能一帆风顺，当中会有坎坷，会有艰难，关键的是我们怎样去面对它们。如果把坎坷看成是一种调味品，你就会感到坎坷的生活有滋有味；如果把艰难看成是一笔宝贵的财富，你就会感到它会丰富我们的阅历，丰厚我们的人生底蕴。实际上，只要换一种角度，再悲惨的生活也会峰回路转，再痛苦的人生也会柳暗花明。

因为，生活的风雨之后，悬挂在我们人生背景上的，永远是幸福的彩虹。

空间有限，志向无边

文/绘丹

这是一个发生在古代的故事。一位少年，家境贫寒，想要改变命运只有两条路可走：一是读书考学，二是习武。因为家里没有钱请不起先生，即使自学也买不起书，所以读书这条路几乎走不通。少年不甘沉寂，干完农活就自己习武，可他什么也不会，只能瞎比划。即使这样，少年也从不间断。父母见他如此痴狂，决定帮他请位教练，但拿不出银两，附近的几个武术教练均婉言谢绝。无奈之下，父母打算让孩子出家去安心练功，少年欣喜不已。

少年来到武当山，跪求几个时辰后，终于打动了高僧。高僧听完少年的来意，答应收其为徒，而且打算只教他武术不要求其削发为僧。因为高僧心里明白：此少年只想靠习武谋出路，而非意在为僧。少年千恩万谢后，开始了漫长的练功生活。早起晚睡，少年特别勤奋。从基本功起步，少年毫无怨言，练得扎扎实实。一年后，高僧开始教他拳法。少年领悟力很强，进步神速，高僧心中暗喜。

又是一年过去，少年开始躁动，高僧看在眼里，没说什么。可少年的躁动与日俱增，终于开口求高僧：“师父，我想下山参加比武大赛。”高僧故作镇定地说：“可以，不过有条件，你若能打败任何一位师哥，我便放你下山。”少年兴奋地连声谢师父。山中比武打响，轻狂少年连败三阵，可还是不服。高僧说：“刚才和你过招的几位只用了三分功力，如此这般，你凭什么下山啊？”少年道：“待在此地，不知何时是头，徒弟想到外见见世面，谋求更大的发展。”

少年颇有怨言地回到练功房，不经意间抬头只见墙上挂着高僧写的一幅字“空间有限志向无边”。少年久久凝视字幅，内心难以平静……第二天，少年重新振作，投入更艰苦的训练。高僧微笑道：“这就对了，真正的武当功你还未入门，这个狭小的空间里有你学不完的东西，徒儿尚需努力才是。”少年在高僧精心指点下，功夫不断进步。后来，高僧又从别处请来高人指点他独门绝技。8年后，少年不仅参加了比武大赛一举夺魁，而且还中了武状元。

空间有限，志向无边。不要过于在乎所处的环境，只要有高远的志向，在哪都能成才，重要的是要潜心练好“内功”。那些胸怀大志、不讲条件、默默耕耘的人更容易接近成功，无数的范例都证明了这一点。

第七辑

把自己推向前头

BaZiJiTuiXiangQianTou

路，在没路的地方

文/李雪峰

有个喜爱摄影的朋友，他镜头下的摄影作品总是那么与众不同，他的视角总是那么的令人击节称奇。面对他的一摞摞获奖证书和一尊尊艺术摄影大赛的奖杯，作为他的朋友，我们争执过好多次。

有人说，是他的相机好；有人说，是他的艺术功力深。也有人说，是他的运气好，十几个风景名胜区，整天都是游人如蚁。有的人运气不好，要么去晚了，或者是去早了。总之与自己所需要的景物总是失之交臂，就像登泰山看日出，有的人去了，但偏偏赶上了阴雨天；有的人去了，却恰恰遇上了大雾天。但我们这位朋友总是运气好，他要拍摄蓝天，就有片片白云，他要拍摄秋色，就有树树红叶……

我们羡慕地说："拍摄照片，你相机好，运气也好，所以你的摄影作品好。"他听了，先一愣，然后哈哈大笑："拍摄作品，跟运气有什么关系呢？好吧，下次外出拍摄，我带你们一块儿去。"

不久，我们果然就有了一次共同外出游历的机会。在那里，我们一群人生怕错过了一个风景点，七嘴八舌地纷纷向导游小姐询问如何才能平安、快捷、全方位地游览每一个风景点，但那位搞摄影的朋友却对这一切漠不关心，根本不怎么理睬那些导游小姐们，只是和一群坐在景区山脚下的本地山民们套近乎，和他们兴致勃勃地谈笑，对着巍峨起伏的大山指指划划。当我们前呼后拥地跟着景区的导游就要登山时，他笑着跑过来了，高兴地举着一张画满点点线线的纸说："想拍摄最美照片的可以跟我走！"

我们都诧异地说："怎么能跟你走？那些最美的地方不是一个一个的风景点吗？不去风景点，哪里才能拍摄到最美的风光照片呢？"

他笑着说："大家都去的地方，哪能拍出与众不同的照片呢？最好的风景，就在那些人迹罕至处啊！"有人低声嘀咕着问他："你要去的地方有路吗？"

"路？"他朗声大笑说，"有路的地方我从来不去。"

"你要去的地方危险吗？"又有人嘀咕着问他说。他笑了说："当然危险了，不危险怎么能有出人意料的风景呢？"大家都不说话了，只是静静地望着他。他仿佛突然想起一件什么事情来，迈步走到我前面，然后把挂在他脖子上的数码相机取下来挂到我的脖子上，把我那台老掉牙的相机挂到他的胸前，挥了挥手说："朋友们，看我们谁能拍摄到最美的作品来。"然后就一个人攀巨石，劈荆棘，离开我们走了。

两天后，在景区山脚下的宾馆里，当我们每个人亮出自己的摄影作品时，我们都被他作品中的那种峻奇、壮美和恢弘惊呆了，连这个景区的所有导游和经理都难以置信：自己的景区难道还有如此秀美的风光？

在大家的一片惊奇和啧啧称赞里，朋友轻描淡写地说："熟悉的地方没景色。最美的风景，往往都在路远不能抵达

的地方。”

我听了，心里豁然一亮。是啊！熟悉的地方没景色，在人生的旅游图上，有多少人是敢于跳出人生的固定路线，而给自己的人生另辟蹊径的？我们都是循着前人的脚印走，看前人欣赏过的一个个人生景色，如何能让自己的生命活出与众不同的况味呢？

要使我们人生拥有与众不同的风景，就必须让自己的生命走一条与众不同的旅程。人生常常是这样：只有不甘于寂寞的生活，才有非同凡响的人生！

迎着暴雨走过去

文/朱 晖

一场突如其来的灾难，把他原本幸福的家，击得支离破碎。

那一天傍晚，天空飘起小雨，他放学后快速跑回家里，可左等右等，也不见两个姐姐回来。天越来越黑，雨越来越大，母亲不放心，就决定出去找。此时，已经是暴雨如柱，路上罕有行人，焦急的母亲跑到学校，早已人散楼空。她又顺路往回找。路过一段坍塌的土墙时，突然发现了女儿的雨伞。她发疯般地用双手把土墙扒开，终于看见了惊心动魄的一幕：两个深埋底下的女儿，已停止了呼吸。

姐姐的离去，令母亲在瞬间垮了下来。她神情恍惚，整天顺着那条道，寻找再也不可能回来的女儿。千里之外工作的父亲惊闻噩耗，星夜赶回，看到女儿的遗物，泪眼双流，瘫倒在地。整个家庭充满了悲伤和绝望的情绪，也充满了抱怨，埋怨那堵墙，埋怨那场雨，埋怨老天不长眼……

那一年，他还不到十岁。在灾难的打击下，原本性格内向的他，更加的沉默寡言。在学校里，他很少和同学交往，整天把自己幽闭在狭小的空间里，焦虑而孤独。他时常会想起两个姐姐，几乎看不进任何书籍，成绩一度下滑很快。

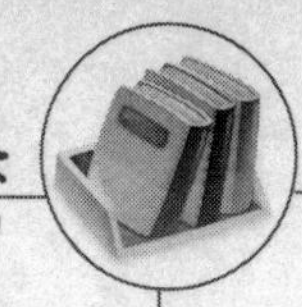

家里的状况，更加糟糕。母亲还在日复一日地寻找她的女儿，父亲则郁郁寡欢一蹶不振。除了悲痛，贫穷让这个不幸的家庭雪上加霜。他感到绝望，不知道家里的明天在哪里，自己的明天在哪里。

忽然有一天，母亲不再去寻找女儿了。她把他拉过来，平静地说："你的姐姐已经不可能再回来了。"他紧紧地抓住母亲的手。母亲又一字一句地说："不要悲伤，不要抱怨，我还有儿子,还有希望。"看着母亲坚定的目光,他的心被震撼了。他知道，母亲已经从绝望中摆脱出来，并把对生活的希望寄托于他身上。那一刻，他突然长大，猛地觉得自己的肩上担了一份沉甸甸的责任。如果说一场暴雨给他的家带来了巨大的不幸，那么他必须要像母亲一样坚强，勇敢地迎着暴雨走过去，带给这个家一个新的明天。

从那以后，他像变了一个人。在学校里，他不再孤僻惆怅，而是把精力都放到刻苦读书上；在家里，他也不再像条可怜虫，而是拼命干活替父母分忧。就这样，原本阴霾笼罩的家庭，一点点地又照见了阳光。

他叫周明。多年以后，身为微软亚洲研究院主任研究员的他回顾这段往事，仍深有感触地说："如果我的家庭是一个软弱的家庭，只是怨天尤人，那就不可能有我的今天。"

灾难总是不期而至，面对灾难，一味的抱怨与消沉丝毫于事无补。振作起来，勇敢地迎着暴雨走过去，前面是片晴朗的天。

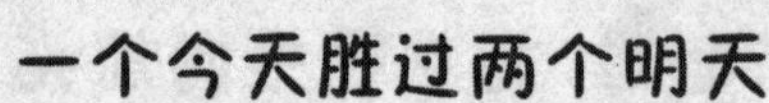

穿越最长的隧道

文/包利民

人生有如一列火车，在奔驰中总会需要暂时停靠在一些大站小站，还要穿越许多隧道，或长或短。有的火车便永远停在了隧道中，最终见不到光明的出路。

发出这番感慨的，是一个在商场打拼多年的朋友。他历经坎坷，风光过也跌倒过，最终取得不错的成就。当时我说："你这列火车算是从隧道中出来了，现在车窗外平原广阔，风光无限啊！"他却说："这样的时候，是最容易懈怠的。在未知的前方，还会有许多隧道等着去穿越。当你陶醉于暂时的平静，火车突然进入隧道，便会有措手不及的仓促感，也更容易在那里抛锚。不过，穿越隧道，才更能感受人生的激情。"

他的话语中，有种居安思危的智慧。

那年，我去宁夏探亲。在北京上车，进入山西境内后，隧道便一个接一个地来了。坐在我对面的，是一个戴着墨镜的盲人。他问我："是不是第一次坐火车过隧道？"我说："是的。"他说："那种光明和黑暗交替出现的情景，当年我第一次见到时也非常兴奋。20年前，我的眼睛失明了，就像火车突然进了隧道，周围一片漆黑。只是，这次的隧道是永远没有尽头的。”

我问：“这20年你是怎么过的？”20年行驶在黑暗的隧道中，而前方绝无出口，那该会是一种怎样的心情？

那人淡淡一笑，说：“适应加习惯，就是这些。开始也有绝望，可是，行程还是要继续，黑暗也好光明也好，关键是不能停下来，在黑暗中行驶，也是向前，只要向前，就是进步吧！”

我一时无语，而内心深处却有了波澜与震撼。是的，他的世界是永远黑暗了。如他所言，他的生命列车将永远行驶在黑暗隧道之中，可是，他的心却有着一个光明的出口，再长的隧道又算得了什么？

此刻，火车穿越了最长的一个隧道。

我的两位朋友，让我对隧道有了不同的认识。不管黑暗有多久多长，只要不让生命的列车停止，希望就在，美好就在。

一根恐惧的藤

文/矫友田

十余年来，弘智法师从来没有停下自己的步伐。他一边游历一些名山大川，一边前往各地的寺庙为一些弟子释禅布经。

有一次，他应竹林寺住持觉明之邀，到寺中给弟子们布经。晚间，觉明住持陪弘智法师到寺后面的竹林散步。

月明星稀，竹林中间那一条小径洒满碎金般的月光。

因为小径很窄，他俩一前一后走在那条小径上。竹林纵深不过几十米，在尽头是一个平滑光洁的天然石盘，上面用岩石垒起一把石几和两个石凳。

两人落座，身后几步远便是一个深达百余丈的垂崖，且两峰对峙。凉凉的山风从两峰之间穿过，发出“嗡嗡”的声响，深邃而悚人。

觉明住持坦诚地说：“弟子也早有志向，仿效大师的步子走出去。可是不知为何，每当自己欲做决断之时，又会犹豫不定，因而至今迟迟未行。”

弘智法师笑了笑，指着刚才经过的那条小径问：“你看那条小径洒满月光，是多么宁静和安详。刚才，你从它上面走

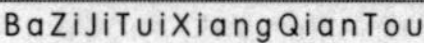
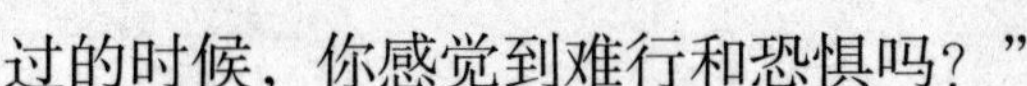

过的时候，你感觉到难行和恐惧吗？”

听了，觉明住持摇了摇头。

弘智法师又指着身侧那两座对峙的山峰继续问：“如果现在把那条小径架在两座山峰之间，上面同样洒满月光，你还会像先前一样的心态走过去吗？”

沉吟了一会儿，觉明主持又摇了摇头，如实地说：“恐怕不行。”

此时，弘智法师解释道：“为什么一条相同的小径，在你行走时，会出现两种不同的心态呢？那是因为你的心中多了一根恐惧的藤，心境一旦被它束缚，步伐也就缺少自信和勇气了。”

听到这里，觉明住持恍然开悟。

恐惧，是羁绊你成功脚步的藤蔓。一个人的心灵，一旦被恐惧的藤所束缚，就会变得缺乏自信、畏缩不前和自暴自弃，结果往往是一事无成。

因此，一个人在决定做一件事情的时候，首先应该割断心中那一根恐惧的藤，使内心注入自信和活力。只有这样，才会赢得更多成功的机会！

让自己的人生拐个弯

文/王国军

他童年十分不幸。6 岁那年，母亲便因病去世，是祖母带大他的。因为经济拮据，他搬了三次家，换了三个学校。也因为如此，每次考试，他都和倒数有关。同学们都笑他是个白痴，一辈子都只能和失败打交道。再加上个性直爽，不会说讨人喜欢的话，他在学校的人缘差之又差。

他很自卑。说实话，他也努力过，但收效甚微。尽管如此，他还是早起晚睡，只为了能在同学面前抬一次头，可是他还是失败了。中学毕业考试，他排在全校倒数第七名，这意味着他将失去进一步深造的机会。他也想过复读，但想起老师和同学嘲笑的表情，他害怕了。

拿毕业证的那天，他早早就出了门，但他没去学校，他退缩了。一个人来到公园，在那里他看到一群小孩在草地上玩。他走过去，原来小孩们是在玩“高尔夫球”。他从没见过这种东西，出于好奇心，他提出了参加。连续 10 杆，他都打进了洞。

第一次享受到了成功的喜悦，他回家高兴地告诉了祖母。接下来几天，他自己做了一根球杆。一个人在家门前的草地上练习。祖母看了，也认为他还不是一个毫无是处的人，于

是把他带到了佛罗里达州一个职业中学报了名。

出来时，祖母问他要不要去喜乐运动场，因为那里有一场顶尖级别的高尔夫比赛。但是地铁站人太多，他们等了好几班，才有位子。祖母却突然下车，说她的包放在学校里，忘记拿了,她去拿。然后会在运动场门口等他。他感到很惊讶，到运动场，地铁都要一个小时，她怎么说在那里等他呢？结果他刚到，却发现祖母早在那里笑吟吟地等他。

他感到很震惊，就问祖母。祖母说："我是走路过来的。因为，这里到运动场只隔一座山。坐地铁要绕很远的距离，但走路只需拐几个弯就到了。"

祖母摸着他的头，接着说："傻孩子，只要能达到目的地，又何必拘泥于哪种形式呢？同样的道理，你在学习上没天赋，但并不代表你不能成就一番大事业啊。"

他恍然大悟，也欣然接受了祖母的安排。

在职业中学里，他选修的专业是高尔夫球。因为有祖母的期望和鼓励，他克服了自卑。他表现得异常努力。他的努力没有白费，在2000年的佛罗里达州的职业比赛中一举成名。

他就是吉姆·福瑞克，美国最著名的高尔夫球星之一。

一次记者招待会上，他谈起自己成功的秘诀："很多人都以为我将一事无成，但祖母发现了我运动上的天赋。她告诉我，成功就好比大家争先恐后地赶着去一个目的地，如果都去挤地铁，这样人就多，也许很久才有自己的位置。就算赶到也只能远远地站在别人后面。既然都是一个过程，为什么我们不选择其他的方式？如走路，很多时候只需拐几个弯就能捷足先登。"

没有一种成功是可以必然实现的。吉姆·福瑞克最后说道："只要你敢于放弃你不能的，敢于去坚持你所选择的，成功在拐个弯后就会越来越靠近你。"

让生命突出重围

文/游宇明

1944年8月一天午夜，我受了伤。舰长下令由一位海军下士驾一艘小船趁着夜色送身负重伤的我上岸治疗。很不幸，小船在那不勒斯海迷失了方向。那位掌舵的下士惊慌失措，想拔枪自杀。我劝告他说：你别开枪。虽然我们在危机四伏的黑暗中漂荡了4个多小时，孤立无援，而且我还在淌血……不过，我们还是要有耐心……说实在的，尽管我在不停地劝告着那位下士，可连我自己都没有一点信心。但还没等我把话说完，突然前方岸上射向敌机的高射炮的爆炸火光闪亮了起来。这时，我们才发现，小船离码头不到3海里。

出生于美国的普拉格曼，连高中也没有读完，却成为一位非常著名的小说家。在他的长篇小说颁奖典礼上，有位记者问道：你事业成功最关键的转折点是什么？大家估计，他可能会回答是童年时母亲的教育，或者少年时某个老师特别的栽培。然而出人意料的是，普拉格曼却回答说，是二战期

间在海军服役的那段生活。

普拉格曼说：那夜的经历一直留在我的心中，这个戏剧性的事件使我认识到，生活中有许多事被认为是不可更改、不可逆转、不可实现的。其实大多数时候，这只是我们的错觉，正是这些“不可能”才把我们的生命“围”住了。一个人应该永远对生活抱有信心，永不失望。即使在最黑暗最危险的时候，也要相信光明就在前头……二战后，普拉格曼立志成为一个作家。开始的时候，他接到过无数次的退稿，熟悉的人也都说他没有这方面的天分。但每当普拉格曼想要放弃的时候，他就想起那戏剧性的一晚。于是他鼓起勇气，一次次突破生活中各种各样的“围”，终于有了后来炫目的灿烂和辉煌。

想起了另一个故事。一天早晨，电报收发员卡纳奇来到办公室的时候，得知由于一辆被撞毁的车子阻塞了道路，铁路运输陷入瘫痪。更要命的是，铁路分段长斯各脱不在。按照条例:只有铁路分段长才有权发调车令，别人这样做会受到处分，甚至被革职。车辆越来越多，喇叭声、行人的咒骂声此起彼伏，有人甚至因此动起手来。“不能再等下去了！”卡纳奇想。他毅然发出了调车电报，上面签着斯各脱的名字。斯各脱终于回来了，此时阻塞的铁路已畅通无阻，一切顺利如常。不久，斯各脱任命卡纳奇为自己的私人秘书，后来斯各脱升职后，又推荐卡纳奇做了这一段铁路的分段长。发调车令属于斯各脱的职权范围，其他人没人敢突破这个“围”，卡纳奇这样做了，结果他成功了。

仔细想来，每个人其实都有着这样或那样的“围”：主观认识的偏见，个性的不足，客观的陈规陋习等都制约着我们实现生命价值的最大化。如果我们想在一生中有所作为，我们就必须要学会不停地突围。

然而，一个人要突破各种各样的“围”，不是一件容易的事。首先,我们要有识“围”的智慧。有的“围”是明摆着的，我们一看就知道它妨碍着我们走向远方。但有的“围”是“糖衣炮弹”，你看不到它对你的妨碍，或许你看到了也会有意无意地纵容它挤占心灵的地盘。其次,我们要有破“围”的实力。要突破主观的“围”，我们只需依赖意志；突破客观的“围”，则必须依靠人才、能力了。比起前者，后者的获得更艰难，付出的人生代价也更惨重。

突围是我们给自己最好的礼物。如果把我们向往的生活比作一个小岛，突围则是一条平静的航道；如果把我们的生命比作一块土地，突围就是那粒通向秋天的种子；如果把我们的人生比作天空，突围就是那轮光芒四射的太阳……一个人可以出身贫贱，可以遭受屈辱，但绝对不能缺少突围的精神。没有这种精神，你就会失去行走的能力，永远也抵达不了本来可以抵达的人生大境界。

把自己推向前头

文/王发财

虽然她的父母都是贵族，并有着显赫的地位，但因为她从小身材矮小、相貌丑陋，不仅同龄的男孩子不愿和她玩耍，就连女孩子也常常向她吐舌头。她唯一的朋友怕她承受不住打击曾劝她休学，从此不要出门，反正家里要啥有啥，有花不完的钱，但她却对朋友的劝告报之一笑。学校有什么活动不仅积极踊跃地参加，同学有什么聚会即便是不邀请，她也会主动前去庆贺。虽然在体检上不达标，但因为那次募捐演讲她第一个勇敢地走上台前，学校破例把去国外著名大学深造的机会留给了她。

毕业后，获得经济学博士学位的她，因着家族的威望和自己不懈的努力，年纪轻轻就顺利地当上了某政府部门的高级职员。每逢部门开会，同事们往往怕得罪人都很少发言权当走个形式，而她却每次都第一个站起身来对部门的一些弊病进行果敢严厉的批评。

对于同僚的劝告，她并没有放在心上，仍然坚持自己的原则和一贯的为人处世作风：用自己 2/3 的精力做事，另外的 1/3 则用来冒险。

后来，这位出生于菲律宾邦阿西楠省身高仅1.5米的丑姑娘，凭借着自己果敢的勇气和冒险精神，因在国家非常时期对政治经济大胆提出的一揽子改革建议，成为菲律宾人们拥护的新经济模式改革的带头人。她就是菲律宾的“铁娘子”，现任总统阿罗约。

曾有一家外国媒体在菲律宾做过这样的一个民意调查：询问为什么喜欢选阿罗约做总统？有一个选择是大家公认的：她有勇气，有胆量，有不怕牺牲、不畏艰险的冒险精神！

是的，人要想成功就要尽量把自己的生命推向前头拿去冒险和利用，而绝不能把自己包裹、收藏起来或是自恃自己的才能而坐等伯乐的赏识。即便是我们处在怎样的劣势，只要我们肯摆脱思想上的包袱，敢于冒险敢于尝试把自己推到别人前面去，我们才会被别人发现和认可。

不错，这样的人生是会有一定风险的，甚至会导致精力耗尽并最终把生命燃烧耗尽，但这样不是也总比不用而致锈蚀的好吗？

其实，人生也只有像阿罗约一样把自己时时推向前头，才能获得意想不到的奇迹啊！

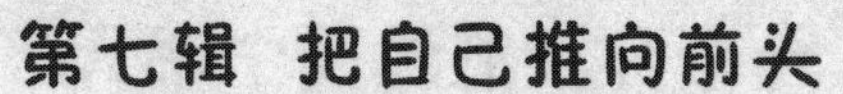

灰色外表下的美丽

编译/朱孝萍

飞蛾是一种非常丑陋的动物，至少我是这么认为的。但是有一天，有位我很信赖的人告诉我一个有关飞蛾的故事，从此改变了我的观点。那是在我五六岁的时候，有一天，我和我的弟弟约瑟夫在我们的琳达姑姑家里过夜。琳达姑姑是我们特别喜爱的亲戚。她对我们说话的时候把我们当作成年人一样看待，而且她的肚子里总是藏着那么多好听的故事。

那时候，约瑟夫只有4岁，仍然害怕黑夜，因此，琳达姑姑在把我们塞进被窝里的时候让房门大开着，并且让客厅里的灯也亮着。约瑟夫睡不着，就躺在那里瞪视着天花板。就在我迷迷糊糊地刚想入睡的时候，他把我叫醒了。他问我：“詹妮，灯旁边飞的那些丑陋的虫子叫什么？”我看见他正用手指着那些正围着客厅里的灯飞着的飞蛾。“它们是飞蛾，睡觉吧。”我告诉他。

或者是他对我的回答不满意，又或者是那些飞蛾离他的照明灯太近了。总之，在琳达姑姑从我们门前经过的时候，他请她把那些丑陋的飞蛾赶走。当琳达姑姑问他原因时，他简单地说：“因为它们既丑陋又吓人，我不喜欢它们！”琳达姑姑听了之后就笑起来，她用手摸着他的头说："乔（约瑟夫的昵称），外表丑陋并不意味着心灵不美。你知道飞蛾为什么是褐色的吗？"约瑟夫摇了摇头。

"飞蛾本是动物王国里最美丽的动物，它们甚至比蝴蝶还要绚丽得多。它们是乐于助人的、善良的、慷慨的动物。一天，天堂里的天使哭了。因为云彩把天空遮住了，他们看不到地面上的人，所以伤心地哭了。他们的眼泪像雨点一样落到地面上来。那些可爱的小飞蛾不愿意看见别人这么悲伤。于是，它们决定织一道彩虹。飞蛾们认为如果能请它们的表兄弟表姊妹们——蝴蝶们帮忙，那么它们都不需要丧失多少色彩就能织出一道美丽的彩虹了。

"一只小飞蛾飞去向蝴蝶王后请求帮助。但是，蝴蝶们又自负又自私，它们不肯为别人失去任何一点东西，即使是天使也不行。于是，飞蛾们就决定自己织彩虹。它们使劲拍打着自己的翅膀，翅膀上的彩色粉末聚在一起形成了小片的云朵，微风过处，它被打磨得像玻璃一样玲珑剔透。不幸的是，这道彩虹太小了。于是，飞蛾们继续拍打翅膀，把自己的色彩一点一点地奉献出来，直到彩虹长得能够穿越天空。它们把所有的颜色都献出来了，除了褐色，因为那种颜色织进美丽的彩虹里面不够协调。

"现在，那些曾经是绚丽多彩的飞蛾们变得平淡无奇，只剩下褐色这一种颜色了。天堂里的天使们看见这道彩虹就变得快乐起来。他们笑了，他们那温暖的微笑像阳光一样照耀在地球上。温暖的阳光使地球上的人们都很快乐，他们也笑了。现在，每次下过雨之后，那些仍然拥有色彩的小飞蛾们就展开翅膀，飞越天空，编织更多的彩虹。"

我的弟弟带着那个故事进入了梦乡。从那以后，他再也

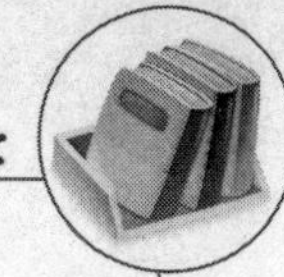

不害怕飞蛾了。我的姑姑给我们讲的这个故事早已在我的记忆深处尘封多年了，但是最近我又想起它来了。

我有一个朋友叫艾贝盖尔，她总是穿着一身灰色的衣服。她也是我所遇到过的最善良最慷慨的人之一。当人们问她为什么不穿亮丽一点的服装的时候，她只是微笑着说："灰色是我的颜色。"她了解自己，她不愿迎合别人的喜好。也许有人认为艾贝盖尔像飞蛾一样平淡，但是我知道在她的灰色的外表下面，有着彩虹的每一种色彩。

种在墙角的南瓜

文/尤培坚

一个周末，我带着女儿到老家院子边的一块小菜地里种南瓜。我整好了菜地，把几棵南瓜苗种了下去，然后给南瓜苗培好土、浇好水，就准备带着孩子回家。

女儿却挣脱了我的手。她从地上捡起一棵南瓜苗，对我说："爸爸，这里还有一棵没有种啊。"我看了看菜地里的南瓜苗，摇了摇头，微笑着告诉她："地里的南瓜已经种得够多了，不能再种下去了，不然南瓜就长不好了。"可是，女儿却撅起小嘴，显得十分不开心。她说："爸爸，你要是不把这棵南瓜苗种下去的话，它会伤心的。"

为了不打击女儿的爱心，我就让她在墙角找了个地方，把那棵南瓜苗种在了墙角。那个墙角凹凸不平的，有很多瓦片和小石头，我草草地把南瓜苗压下土，随手浇了点水，就带着女儿回家了。

由于连续一个多月下小雨，我就没有到小菜地里给南瓜苗浇水。一天，我突然想起老家院子旁的那些南瓜，就来到南瓜地里想摘几个南瓜吃，开开胃。可当我看到地上密密麻麻的藤蔓时，不禁愣住了。原来，由于我没有细心照料南瓜苗，

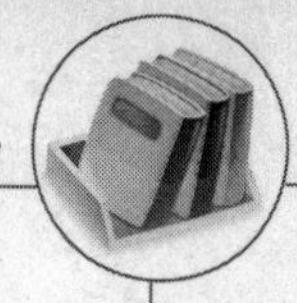

那些南瓜的藤蔓爬得到处都是，而且菜地里杂草丛生，根本就看不到南瓜。没办法，我只好挽起衣袖，拨开草丛，到地里摸索起了南瓜。找了大半天，我只找到了两只颜色依然青翠的畸形南瓜。

“唉！”我抱着两个不成样子的南瓜，叹了一口气。

这时，女儿从幼儿园放学后也赶来了。她看也不看我手里的南瓜，径直奔向墙角的那株南瓜。这时，我才看到，那堵经过岁月洗礼的老墙，已经爬满了绿油油的南瓜蔓。

眼尖的女儿一眼就看见一个开始泛黄的大南瓜。她指着那个大南瓜，大叫起来：“爸爸，快来看啊，大南瓜啊，一个大南瓜！”我也欣喜地奔了过去，抱起了墙角的大南瓜。

我和女儿经过细心寻找，在那个老家的墙角边，一共找到了5个成熟的大南瓜。抱着大南瓜，我的心里乐开了花。

想不到，在布满瓦片和小石头的墙角，一棵南瓜苗竟然能顽强地活下来。在艰难的环境里，它不仅茁壮地成长，而且结出了丰硕的南瓜。我突然想起美国小说家海明威曾经说过的一句话：生活总是让我们遍体鳞伤，但到后来，那些受伤的地方一定会变成我们最强壮的地方。

晚霞中的轮椅

文/矫友田

秋风像一把巨梳，梳理掉了树枝上的黄叶。下班的人流又在小城的街道上喧闹起来，给萧瑟的天空增添了许多生气。

“卖报！卖报！……”他摇着轮椅，缓缓地穿行在人流中。只有这时候，他才会从那一双双搜寻的目光中，感到自己存在的意义。每天在这条街上行走的人，几乎都知道这里有个卖报的残疾人。别人能够记得这点，他已经感到很满足了。

已经有四个春秋了，他往返在这条路上。闭上眼睛，他甚至连街道上有多少个坑坑洼洼都数得清清楚楚。在常人眼中只是轻松一闪的路程，对于一个以轮椅代步的残疾人将意味着什么呢？他手掌上磨出的老茧是最好的证明。

然而，他喜欢走在路上，风雨无阻。每当他把一个微笑连同一份报纸递给别人的时候，他的内心就会有一种欣慰感。

漫长的冬季即将来临，这也是他一年中最难熬的日子。刺骨的寒风和腿部手术处剜心的疼痛，都会成为他走下去的敌人。但是，为了整个家，也是为了远方一个小女孩的梦想，他必须咬紧牙关闯过冬季。

“叔叔，给我一份晚报。”一个穿白毛衣的小姑娘站在他

的眼前。

“上面有你写的文章吗？”他微笑着问。

这是一个很有出息的小姑娘，他从报纸上知道了她的名字。每次，他总要问她这么一句。他想这句平淡的话，也许会带给她一些鼓励。

“师傅，我买一份晚报。”这时，一位满头银发的老人走过来。

每天，这位老人都要买一份晚报。他曾听老人说过，他的老伴最大的爱好就是听丈夫读报。其实，他也知道，1 年前，那位老人的老伴就在这条街上，被一辆飞驰的轿车撞倒，再也没能睁开眼睛。

“走好。”他总要在老人身后关切地留下一句。

一张张熟悉的或者陌生的笑脸，都会令他感动。因为在 4 年前，当他身遭车祸时，正是晚报上的一篇文章，唤起无数双温暖的手，拯救了他的生命和家庭。而现在，他唯有用微笑来作为回报吧。

最后一份报纸卖出去了。在一家蛋糕店的门前，他看着橱窗里一个个精美的蛋糕，犹豫了许久。今天是他女儿 12 岁的生日，他曾答应为她买一盒生日蛋糕。然而，当他想到刚好凑齐 80 元钱时，他轻轻地摇了摇头，摇着轮椅离开了。

明天，他还要让妻子给远方山里那个叫霞的小女孩汇去 80 元钱。

而那个两年来，每月都会收到 80 元钱的山里小女孩，是否知道汇款单上署名“坚强叔叔”的人，竟是一位坐在轮椅上，靠卖报维持生活的残疾人呢？

又到晚霞如火时。

他吃力地摇着轮椅，隐隐地感觉到了自己的手术处已开

始恶化，也许还没有等到雪花纷飞的时候，他就倒下了，这段路，只有在梦里才能重现。但是，他也坚信会有更多温暖的手搀扶着他走过冬季，一定会有的。因为明年春天，他还要继续把微笑洒在路上。

一片片黄叶，在他的轮椅后面飘舞着、追逐着，在火红的晚霞里渐渐燃烧起来……

第八辑

用微笑把痛苦埋葬

YongWeiXiaoBaTongKuMaiZang

让自己成为钻石

文/李雪峰

一个商人的儿子，总是跟父亲抱怨说："我一点儿也不比别人差，但为什么他们都有那么好的机遇，而我却没有呢？"

父亲叹了一口气说："你总是让自己同你的那群伙伴和朋友们一样，那怎么行呢？想让机遇来找你，你必须得比别人多点什么吧？"看看儿子听不明白，父亲从自己的珠宝箱里取出一粒熠熠闪光的石粒说："这是一粒钻石，也是一粒石粒，你想要它吗？"

商人的儿子两眼一亮说："我怎么会不要它呢？傻瓜才会不想要它，因为它是钻石。"商人把儿子带到一堆砂石旁，商人捡起一枚石粒说："这是一粒砂石，我现在把它丢进这砂石堆中，你能很快找到它吗？"商人说着，就将那粒石粒丢到了砂石堆中，并踮起脚尖轻轻地将砂石搅了搅。

于是，商人的儿子蹲在那堆砂石堆上翻找那枚石粒，他捡到了一个小木棍，仔细地将那堆砂石翻过来，又搅过去，累得额头冒汗，但找了半天，还是没有找到。商人笑笑，从口袋掏出那粒钻石说："现在，我将这枚石粒也丢到这堆砂石中，看你是否能够很快找到。"商人说着，就将那枚钻石丢到了砂石中，然后拎了把钢锹“嚓嚓”地将那堆砂石翻了又翻，搅了又搅。于是商人的儿子又蹲下身子，用小木棍翻着，在那堆砂石里寻找父亲丢下的钻石，但不久他就高兴地找到了。商人笑着问儿子说：“那个石粒你为何半天都找不到，而钻石你却很快就找到了？”商人的儿子说：“普通砂石跟其他砂石没有什么不同，所以很难找到。”商人笑了，说：“你埋怨机遇总找不到你，那是因为你自己只是一枚普通的砂石，如果你是钻石，就是藏在大沙漠里，机遇也会一眼就看见你的。”

很多时候，我们也都像商人的儿子一样，总是埋怨机遇不来光顾自己，总是羡慕别人的幸运。但如果我们只满足于自己是一枚普通的钻石，只是沉醉于自己和大多数人一样，那么机遇就是翻找半天，它也不会轻易找到你。

要让机遇一眼就看到你，你就必须让自己成为钻石。

用微笑把痛苦埋葬

文/蒋光宇

第二次世界大战期间，一位名叫伊丽莎白·康黎的女士，在庆祝盟军于北非获胜的那一天，收到了国际部的一份电报：她的独生子在战场上牺牲了。

那是她最爱的儿子，那是她唯一的亲人，那是她的命啊！她无法接受这个突如其来的严酷事实，精神接近了崩溃的边缘。她心灰意冷、万念俱灰、痛不欲生，决定放弃工作，远离家乡，然后默默地了此余生。

当她清理行装的时候，忽然发现了一封几年前的信，那是她儿子在到达前线后写的。信上写道："请妈妈放心，我永远不会忘记你对我的教导，不论在哪里，也不论遇到什么灾难，都要勇敢地面对生活，像真正的男子汉那样，能够用微笑承受一切不幸和痛苦。我永远以你为榜样，永远记着你的微笑。"

她热泪盈眶，把这封信读了一遍又一遍，似乎看到儿子就在自己的身边，那双炽热的眼睛望着她，关切地问："亲爱的妈妈，你为什么不照你教导我的那样去做呢？"

伊丽莎白·康黎打消了背井离乡的念头，一再对自己说：告别痛苦的手只能由自己来挥动。我应该用微笑埋葬痛苦，继续顽强地生活下去。事情已经是这样了，我没有起死回生的能力改变它，但我有能力继续生活下去。

后来，伊丽莎白·康黎写了很多作品，其中《用微笑把痛苦埋葬》一书,颇有影响。书中这几句话一直被世人传诵着：人，不能陷在痛苦的泥潭里不能自拔。遇到可能改变的现实，我们要向最好处努力；遇到不可能改变的现实，不管让人多么痛苦不堪，我们都要勇敢地面对，用微笑把痛苦埋葬。有时候，生比死需要更大的勇气与魄力。

小杨树与花喜鹊

文/胡明宝

连续三天三夜的倾盆大雨，终于引发了山洪。

洪水伴随着排山倒海的泥石流过后，一棵小杨树从惊悸中睁开了眼睛。眼前的一切让他惊呆了：到处满目疮痍，泥水四溢，乱石峥嵘，曾经和自己朝夕相处的伙伴，都不知了去向。一阵冷风吹来,小杨树的身子遏制不住地晃动起来。这时，他才看清，自己稳稳扎根的山坡，早已被无情的泥石流削去大半，变成了陡峭的悬崖。而自己正站在悬崖峭壁的顶端。

看着眼前的一切，小杨树想起了自己的兄弟姐妹枝叶相扶在夜里唱歌的快乐，想起了那些曾和自己一起栉风沐雨的伙伴。不觉悲从中来，泪眼迷离：哎，为什么让我经受如此的折磨和孤独？为什么要让我身处悬崖之巅，饱受危险之痛？自己活着还有什么意思呢？

一股莫大的失望让小杨树战栗不已。望着下面阴风森森的深谷，小杨树又在风中使劲地摇晃自己的身子。这一次，他希望自己早一点跌下悬崖，从此再不知寂寞与疼痛，再不受挫折与磨难。

就在小杨树脚下的山石哗啦啦响动的时候，小杨树突然看到两只花喜鹊从自己的头顶飞过。其中，一只喜鹊又踅回来，围着树梢转了一圈，接着落在一个仍旧滴着雨水的树枝上喳喳叫。另一只喜鹊也飞回来了。小杨树看出来了，这是一对喜鹊夫妻，他们要在自己的身上安家。

小杨树悲戚戚地说：“喜鹊啊，你们还是去别处安家吧，我都自身难保了。”喜鹊妻子说：“不，我和丈夫都看中了你，以后，还有以后的以后，我们就在这儿安家，生儿育女，难道你不欢迎我们吗？”小杨树嘴角露出一丝苦笑说：“当然欢迎，可是我已经对生活不抱什么希望了啊。”喜鹊丈夫说:“不，我们要依靠你才能生活下去呢……”

这样，因为枝叶间天天有喜鹊夫妻辛勤地飞来飞去筑巢、唱歌，小杨树也渐渐地恢复了往日愉快的面容，那些枯黄的叶子又重新变得绿油油了，而且还新生了许多枝叶。一天，小杨树欣喜地发现喜鹊夫妻的巢筑好了。又一天早晨，小杨树被几只小喜鹊稚嫩的叫声惊醒了。看到喜鹊夫妻来来回回忙忙碌碌抓虫喂雏鸟的样子，小杨树觉得自己真的很重要很伟大。

不知不觉就过去了好多日子，一个晚上，刮起了大风下起了大雨，小杨树想，上面还住着喜鹊一家呢，自己可千万要顶住，让他们睡个好觉。所以，小杨树用所有的根须使劲抓住了脚下的岩石，任凭风狂雨骤，小杨树始终傲然屹立，直到第二天风停雨住，红彤彤的太阳挂在天上。阳光下，喜鹊一家都站在树梢为小杨树唱歌，小杨树听着听着就陶醉在歌声里了……

后来，小喜鹊长大了，纷纷离开了巢穴，喜鹊夫妻也要飞走了，小杨树高声说，我等你们回来……

这样过了一年又一年，小杨树虽然没有长成参天大树，

但是他更加强壮了。他裸露的粗大有力的根须，他茂密的树冠和枝叶间新添的好多喜鹊巢窠，无不向人们昭示着什么，每天都有好多人从山坡那边气喘吁吁地爬上山巅欣赏这生命的奇迹。

每当人们发出由衷赞叹的时候，小杨树总是在心里感激那对喜鹊夫妻，是他们让心若死灰的他重新认识到了自己的价值，增添了活下去的勇气。

每当有不幸的人坐在他的脚下眉头紧锁的时候，小杨树便摇动着枝叶告诉他，无论遇到什么磨难坎坷，都要好好的生活下去，为了那些依靠你，离不开你的人……

唤醒沉睡的潜能

文/蒋光宇

有一头母山羊，收养了一只丧失了母亲的小老虎。小老虎喝母山羊的奶，跟小山羊玩，努力去学做一头出色的小山羊。

过了一阵子，尽管这只小老虎竭尽全力，但仍不能变成一头名副其实的小山羊。它的样子不像山羊，气味不像山羊，也无法发出山羊的叫声。

随着时间的推移，其他山羊开始怕它，因为小老虎玩得太凶猛，而且块头太大。这只小老虎逐渐感到了孤独，感到了被排斥，感到自己太差劲，可是又搞不清自己究竟错在哪里。

一天，听到一声突然的巨吼之后，山羊们四处逃散，只有小老虎稳坐在岩石上。

一只巨兽出现在小老虎的面前，颜色是橘色，还有黑色条纹，眼睛炯炯如火。

“你在这羊群里做什么？”那只巨兽问小老虎。

“我是一头山羊！”小老虎说。

“跟我来！”那只巨兽以一种权威的口吻说。

小老虎发抖地跟着巨兽走入丛林中，然后来到一条大河边，巨兽低头喝水。

“你也过来喝水！”巨兽说。

小老虎走到河边喝水，在河中看到两头一大一小、十分相近的动物，都是橘色而有黑色条纹，头上都有一个“王”字。

“那是谁？”小老虎问。

“那是你——真正的你！”

“不，我是一头山羊！”小老虎抗议道。

巨兽不理睬抗议，拱起身子，发出巨吼，整个丛林为之震撼。

“现在，你也吼一下！”巨兽说。

起初很困难，小老虎张大嘴，但发出的声音像呜咽。

“再来！你可以办到！”巨兽说。

试着试着，小老虎感到肚子里辘辘地响，一直下到小腹，摇撼全身，于是便拱起身子来大吼了一声。那吼声虽不及巨兽的吼声那么雄壮，但已够威风了！

那只巨兽说：“你是一头老虎，不是一只山羊！我们都是东北虎。”

小老虎似乎懂得了，自己不仅没有发现，而且埋没了原本具有的巨大潜能。

人，行动起来像天使，思考起来像天神，是宇宙之精英，是万物之灵长。人的潜能，要比小老虎的潜能大得多！

心理学家告诉我们，一般人的潜能只开发了 2% ~ 8% 左右，像爱因斯坦那样伟大的科学家，也只开发了 12% 左右。一个人如果开发了 50% 的潜能，就可以背诵 400 本教科书，可以学完十几所大学的课程，还可以掌握二十来种不同国家的语言。这就是说，我们有 90% 的潜能还处于沉睡状态。

有时候，鹰飞得比鸡还要低，但鸡永远飞不了鹰那样高。唤不醒沉睡的潜能，鹰就会变成在院子里打转的鸡；唤醒了沉睡的潜能，鸡也会变成在蓝天上展翅翱翔的鹰。

没有谁能拦住你的努力

文/崔修建

初中毕业，他以 10 分之差，与省重点校——县一中失之交臂，被一所条件极差的乡中学录取。

当他带着简单的行囊，来到那个破烂不堪的中学时，本来就很沮丧的心情，变得更加阴郁了。那里的条件比想象的还差——采光极差的教室、破烂的桌椅、一点火便直冒烟的炉子、缺水又少电。有水平的好老师都想方设法地调走了，好不容易请来的外语老师听说也正准备往外调。再看那些学生，很多到那里也只是为了混张高中文凭，没抱多高的愿望。

面对这些，他除了懊悔，便是叹息自己的命运不好，心想：到了这样的学校，再怎么努力，也是白费劲了。

于是，他上课无精打采，作业潦草应付，常常捧着一本小说打发时间，整天是一副看破红尘的样子，青春的朝气已悄然失落。就在他和同学们打算就这样混下去的时候，一位老师改变了他们。那天，那位退休后又被返聘回来的教语文的谢老师，走进课堂，给学生们展开一幅油画。那画面很简单——苍茫无际的大漠，一位孤独的旅者，正赶着骆驼朝前艰难地跋涉，风撩起他蓬乱的头发，满脸的沧桑依然掩不住

那份独特的坚毅与执著。

听着谢老师对油画的讲解，他一遍遍地念着油画的标题——《走出大漠》，不由得怦然心动：是啊，大漠空阔无边，风沙肆虐，他不能抱怨什么，只有坚定一个信念，那就是努力地走出去，别的什么都不用管。"同学们，请记住，无论何时何地，都没有人能拦住你的努力。"谢老师深情地注视着他们，真诚地说道。

刹那间，他幽闭的心田里，猛地涌过一缕清爽的风。他满怀感激地冲着谢老师点点头，再面对那块粗糙的黑板，他竟生出一份特别的亲切。

那天，他在每一本书上，都写下两个大大的字——努力。

此后，他不再抱怨学校条件太差，不再挑剔老师水平如何，而是把十二分的精力都花在了学习上，认认真真预习、听课、完成作业，还跟同学组成了"学习小组"，互相取长补短，日子一下子变得充实起来。

后来学校又分来几个年轻的师专毕业生，校园里又浓了一份青春的气息。他的学习成绩在稳步上升，那次用省重点学校的测试题，他的考分竟然进入了县一中的前10名。他明白，这意味着照此努力下去，他不仅可以考上大学，还有可能进名牌大学呢。他更高兴的是在谢老师的指点下，对文学发生了浓厚的兴趣，一篇篇洋溢着校园气息的习作，纷纷地见诸报端，让他儿时的作家梦一点点地真实起来。

当他将一张张"三好学生"奖状和一份份印着他的文章的样报、样刊，带给一辈子在田间耕作的父母时，父母激动地感叹道："真没有想到啊，一个人只要肯努力，什么样的奇迹都能产生。"

那年高考，他以优异的成绩考上了大学，他的同学也有

八个分别考入了省内外的大中专院校。这在当地引起了不小的轰动，原来对那所乡中学不抱什么希望的人们，开始纷纷关注起那个不起眼的学校，乡里也开始着手改善办学条件。

是的，少一些抱怨，少一些挑剔，以走出大漠的坚定与执著去努力拼搏，正是拥抱生命、辉煌人生的最好方式。“没有谁能拦住你的努力”这是多年后已是名牌大学博士的他写给母校的学生的赠言。

在生活中，每个人所处的境遇可能相差甚远，每个人的愿望也各不相同，但有一点是不容怀疑的，那就是——只要你愿意，你尽可以寻找属于自己的充实、快乐和辉煌，没有人能拦住你的努力。

成功应该是水到渠成

文/朱 晖

捷克小伙儿齐克酷爱登山。18岁时，就和同伴一起攀登上欧洲第一高峰——勃朗峰。后来，他们又再接再厉，先后成功登顶9座海拔超过4000米的欧洲山峰。

当欧洲已不能满足他们的征服欲望时，他们把目光瞄准了世界第一高峰——珠穆朗玛峰。攀登珠峰需要申请签证与批文，而且对运动员的申请条件和资格也卡得比较严。于是齐克求助于他的父亲——他是国际登山者协会的常务理事。齐克在电子邮件中对父亲说："作为一名登山运动员，没有征服珠峰，就不算成功。"

不久，齐克收到父亲的回复。父亲在信中给他讲了一个故事：法国一家报纸曾举办过一次智力竞赛，问如果卢浮宫失火，当时情况只可能救一幅画，那么你救哪一幅？多数人都说要救达·芬奇的传世之作《蒙娜丽莎》，著名作家贝尔特却说："我要救离出口最近的那幅画。"结果，贝尔特以最佳答案赢得金奖。

看着父亲的信，齐克陷入沉思。他读懂了这个故事的含义。父亲想告诉他，奔向成功的最佳目标不是最有价值的那个，而是最有可能实现的那个。平心而论，以他们这帮登山运动员当时的实力和装备，征服珠峰的可能性非常微小，与其光靠一腔热情做没希望的事，不如先踏踏实实地奔向能够实现的目标。于是，他对其他三个伙伴说："我觉得我们应该先试着征服乞力马扎罗山，不一定非要一步登天。"他的建议遭到了同伴的鄙夷与不屑，被同伴奚落为"目光短浅、胸无大志者"。结果大家不欢而散，分道扬镳。

此后几年，齐克先后征服了海拔 5895 米的乞力马扎罗山和海拔 6893 米的盐泉峰，被国际登山者协会吸收为理事，还被任命为捷克国家登山队的副教练。

2008 年初，齐克再次实现了突破：在没有后援的情况下，成功登上了海拔 8172 米的世界第七高峰——道拉吉里峰。回来后，齐克随手翻看报纸，到处都是关于他本次登山的报道和图片。对此，齐克已经习以为常。然而，当他看到《捷克探险报》上一则消息时，立刻惊呆了："与齐克登上道拉吉里峰几乎同一时间，另外三名攀登珠峰者不幸遇难，在海拔 8300 米处坠崖身亡，他们叫……"没错，他们正是齐克以前的登山伙伴。

2008 年 6 月，齐克朝着他的最高目标珠穆朗玛峰进发。凭借娴熟的技巧和丰富的经验，他一步一步地朝前攀登，直达海拔 8500 米处。站在珠峰峰顶，齐克不禁想到了长眠于山底的同伴，百感交集：他一度是被他们看低的人，但他却达到了他们没有达到的高度。

人生就像登山，选择什么，放弃什么，是一门艺术。有时放弃就是得到。如果只盯住最高的目标，到头来的结果，可能是跌入万劫不复的深渊。从最有可能实现的目标入手，一路攀登，一路追逐。当你有一天站在最高峰的时候，你会发现，一切都是水到渠成。

一个人的奔跑

文/澜 涛

那是一个经典的夜晚，喧嚣的墨西哥城终于渐渐安静下来，奥运会田径比赛的主体育场被笼罩在漆黑的夜色中。享誉国际的纪录片制作人格林斯潘，因为忙于制作节目，并没有注意到体育场已经几乎空无一人。当他将当天马拉松比赛优胜者们领取奖杯、庆祝胜利的典礼镜头制作完毕，才意识到自己该回宾馆休息了。他刚要离开体育场，突然看到一个右腿沾满血污、绑着绷带，运动员模样的人跑进体育场。这个人一瘸一拐地跑着，步伐踉跄、气喘吁吁，但却没有停下来。他围绕体育场跑了一周，抵达终点后，一下瘫倒在地……格林斯潘意识到,这是一名马拉松运动员。在好奇心的驱使下，他走了过去，询问这名运动员为什么要这么吃力地跑至终点。这位来自坦桑尼亚，名叫艾克瓦里的年轻人轻声地回答说:“我的国家从两万多千米外送我来这里，不是叫我在这场比赛中起跑，而是派我来完成这场比赛的。”

我要跑向终点，尽管我已经落在奔跑队伍的最后面，但我有着和他们一样神圣的目标；我要跑到终点，尽管已经不再有观众为我加油，但我的身后有着祖国的凝望……风骨凛然、傲气铿锵，格林斯潘双眼盈盈。很快，他就用镜头将奥运史上这最动人的一幕传递到世界的每个角落。

人生，应该拥有绝临峰顶的梦想，但更应该懂得不是每个人都有攀抵峰顶的能力。最重要的不是能否到达峰顶，而是是否尽到了最大努力。不要逼迫自己一定要一骑绝尘，不要强制自己一定要登临绝顶，只要用尽了所有的能力，只要抵达了自己最能企及的目标，就已经是一种成功。

峰顶，可以神采飞扬地一览众山小；山腰，可以花香满怀地领略红艳绿娇。

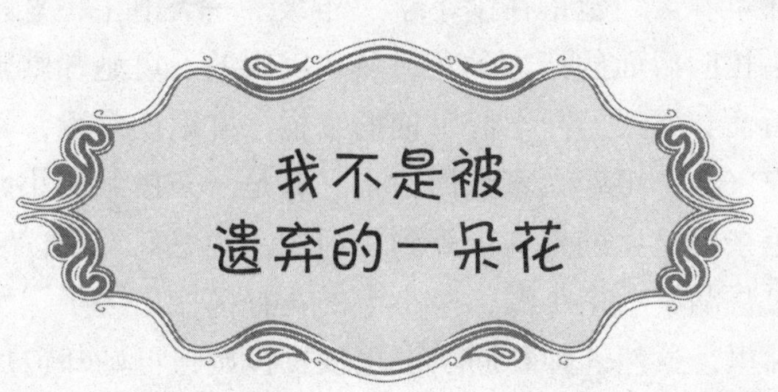

我不是被遗弃的一朵花

文/包利民

有一个大学任教的朋友，在汶川大地震后，她一直张罗着要收养孤儿，心情很真诚也很热切。我知道，她也曾是一个孤儿，是在福利院中长大的。不过，她不像其他孤儿那样敏感脆弱，在她三十多岁的生命中，所表现出来的，都是一种健康向上的美丽。她曾被评为全省十佳讲师，她讲课极富感染力，深深吸引着那些学生。

一次闲聊时，她又提起收养孤儿的事。我笑问她："是不是因为你也同样曾是孤儿？"她点点头，随即又摇头，说："我虽然在福利院长大，可我并不是孤儿，因为我的父母都健在！"她是在5岁的时候被父母遗弃的。那样的年龄，已经能够记得许多事了。也正因为如此，她比福利院中其他的孩子多了一份沉重的心思。她是那个年代的受害者，父母只是想要儿子，她有五个姐姐。她那时不明白，自己和姐姐们长得都那么漂亮，为什么父母还是不喜欢。别人常说她家有六朵花，可是那一天，她这朵花却被无情地抛弃了，从此成了无根之草。那些年的生长中，她常常面对着灰色的围墙发呆，生活对于她来说，就如外面不变的秋黄春绿，只是一场场寂寞的轮回。

也不知是从什么时候开始转变的，仿佛是在那一年的春天。那年春天，她正在读小学二年级。一天上午，老师带同学们去校园后面的河边种花，热热闹闹的，可她却默默地走在最后面。那天，同学们拿桶的拿桶，拿锹的拿锹，她提起一袋花籽儿，跟着大家往河边走。那是一条极细的小路，两边都是杂草丛生的荒甸。等到了河边，她忽然发现，装花籽儿的口袋漏了一个小洞，一小半的花籽都撒出去了。她一下呆在那里，虽然老师和同学谁也没责怪她，可她却愈加闷闷不乐。她忽然想到自己，觉得那些被遗失的花籽儿，就如自己一般，不知辗转何处，会是怎样的一种命运。她跑向来路，仔细地在地上搜索着，想把它们找回来。可是却没能捡到几个，那些小小的花籽儿，已不知被风吹往何方。那个上午，她站在那条路上，泪流满面。

两个多月后的一个夏天，她又走上了去河边的那条路。当时刚刚公布了期中考试的成绩，她考得很不好，情绪也极差。老师知道这个孩子心事重重，懂得她冷漠的外表下，掩饰着的脆弱的自尊，便带着她到河边散心，同时想开导开导她。那条极细的土路已被茂草覆盖。她走在这条路上，又想起了当初丢失的那些花籽儿，不禁又是备感怅然。忽然，她发现两边的甸子里，开出了许多鲜艳的花朵来。老师对她说："这一定是你当初丢的那些花籽儿长出来的！"她心底划过一种激动、一种感动。来到河边，他们当初种下的那些花儿也都竞相开放。再回头去看甸子里的那些花，她忽然明白，那些被丢失遗弃的种子，也同样可以开出美丽的花朵来。

也许就是从那时开始悄悄转变的吧，她说："就是在看了那些花之后，我才知道，别人丢弃了我，我却不能把自己丢弃！"她的确是那样做的。那些年中，她努力学习，虽然也会偶尔沉

默，却不复以往的落寞。她就这样开始生根发芽，也渐渐地散发出光芒来。她以优异的成绩上高中上大学，最后留校任教，她的生活已经绽放出一簇簇的灿烂。后来，她的父母在电视中看见了她，知道了她的经历，认出是自己当年丢掉的女儿，便找到了她。她对父母已经毫无怨怼，那些美丽的姐姐，也让她有一种由衷的亲切感。看着一家团聚的情景，母亲释然地说："咱家的六朵花终于又在一起了！唉，当初，妈把你这朵最美的花给遗弃了！"

她对母亲说："妈妈，我不是被遗弃的一朵花。我只是被你们失落掉的一粒种子，也曾随风翻滚，最后生根发芽了。没有了温室，我却能变得更坚强些，开出的花也更有生命力、更持久一些。"

琴键上的12根手指

文/包利民

她刚刚懂事的时候，便问妈妈："为什么你们都是10根手指，而我却有12根呢？"

她一出生两手便是畸形，每只手上多长了一根手指，而且这多出来的手指长得很正常，如果手术切除的话，手掌前方就会空出一块来。于是父母决定不做手术修复，顺其自然。所幸她的每根手指都很灵活，仿佛就该有12根手指似的。

面对女儿的提问，妈妈想了想说："你比别人多长了两根手指，那是天上的神仙喜爱你的缘故，因为多了两根手指，将来你就能做许多别人做不到的事！"她听了妈妈的话，立刻高兴得跳起来，在心里不停地感谢着天上的神仙。

可是上学以后，一切仿佛都变了。女生们谁也不愿意和她在一起，男生们则大声地围着她起哄，喊她为妖怪。她孤独寂寞，常常无助地哭泣。特别是有一次，老师让她朗读一篇作文，当她读道："那是一个伸手不见五指的夜晚……"有个同学在下面说："应该是伸手不见六指的夜晚！"同学们哄堂大笑，她真想把那两根指头折断。她开始怀疑妈妈的话，如果天上的神仙真的喜欢她，就不会让别人这样嘲笑她了。

那一堂课讲的是想象作文，老师让她继续把那篇作文读完，说："明天咱们要观看一部科幻影片，以提高你们的想象力！"第二天的作文课，老师果然给大家播放了一部科幻片，影片中有一个美丽的外星人，她有着超强的能力和善良的心，一次次地拯救了地球。而那个外星人，每只手上便长着6根手指。

看完影片，老师说："同学们，一个人长成什么样子并不重要，重要的是有一颗善良美丽的心。苏晓丹同学虽然长着12根手指，可她那么善良那么美丽，也许就是电影中的外星人降临到咱们这个世界上呢！大家应该喜欢她爱她，不应嘲笑她！"那一刻，同学们都安静下来，把目光投在她的身上。下课后，大家纷纷找她玩儿，而在此前，在做游戏时谁也不愿意拉着她的手。那一瞬间，她流泪了，而这次却是幸福的泪。

一个偶然的机会，她喜欢上了音乐，为此妈妈给她买了一架电子琴，她很快就能弹得行云流水般动听。后来，她开始学习钢琴，而她的优势也显现出来。由于每只手多了一根手指，每个音域内的按键她都能轻松触到。这样一来，那些复杂的需要很高技巧的曲子，她便能顺顺利利地弹奏下来，而且极流畅，仿佛那些曲子就是专门为她准备的。

读初一的时，她在全省的少儿钢琴大赛中获第1名，看着她12根手指在琴键上灵活地跳跃，在场的人都被深深地震撼了。同年，她在少儿组的决赛中再次夺魁，一曲终了，她高高举起双手，让幸福的心湮没在如潮的掌声中。她对记者说："妈妈曾对我说过，天上神仙特别喜欢我，才给了我12根手指，我要用这12根手指弹奏出最美的音乐，送给那些喜欢我的人！"

命运给了你缺陷的同时，也会给你的人生带来不同的际遇。只要你心中充满爱和希望，只要你坚强，那些困扰着你的种种困难，终会变成人生路上最美的花朵，芬芳洇染无际。

叶子也可以长成树

文/古保祥

这是美国西部一片贫瘠的土地。这里人烟稀少、环境恶劣，远近百里只有阳光没有植被，更没有一棵可以维持优美环境的树木和鲜花。

年轻的小肯罗和大多数附近的人一样土生土长在这里，许多人为了躲避这里的沙漠化而远走他乡。这里土质恶劣，栽下的树苗会在一夜之间让大风吹拂得吓弯了腰。许多年，这里的人们被呼吸道疾病所困扰。

年轻的小肯罗从小有一个志愿，那就是改变这里的贫穷面貌。但无数次的努力失败后，他逐渐颓废起来，像大多数原来踌躇满志的年轻人一样丧失了信心和力量。但此时，他唯一的亲人父亲却得了严重的呼吸道疾病。他夜不能寐，咳嗽不停，上气不接下气，医生检查后告诉他，他父亲的病很严重，随时会有离开的危险。你必须带他到一个有山有水的地方，那里空气新鲜，有产生足够氧气的植物和鲜花，他下定决心带父亲离开这个鬼地方，但父亲却执拗得很，说什么也不愿意离开，这让肯罗左右为难。

一次，他到百里外的镇上为父亲买药时，发现一件奇怪的

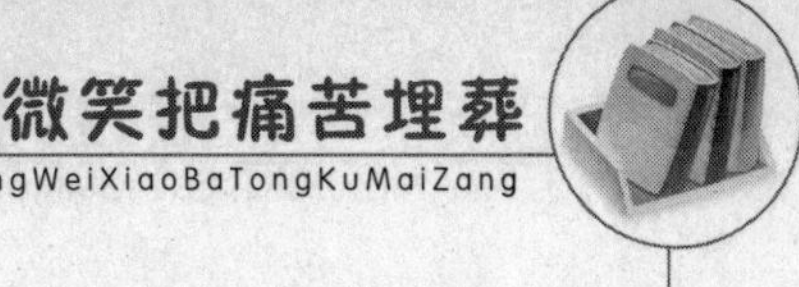

景象，他看到有个年轻人在大街上做关于磁场的试验，他利用磁场的原理促使无数的鲜花竞相开放。并且，所有的花开都朝着一个方向。

肯罗回去后翻阅了祖父丢下的许多科普书籍，他从小对物理学有着浓厚的兴趣，只是家境限制他没有机会上学罢了。后来，经过辗转研究后，他发现了利用磁场让种子释放能量的规律。接下来，他便产生一种奇怪的想法：这里的树苗无法生长，只是因为风大，还没有成长起来便毁于一旦，加上数量稀少，难以成林。如果说将一些叶子种在泥土里，在下面装上磁场，是否可以让叶子成林呢?

他先做了一个实验，将一些叶子种在泥土里，在下面装上许多磁铁，并且接上电路。几天过去了，他的初始实验没有取得成功，叶子逐渐枯萎。他没有气馁，夜以继日地研究存在的问题，他又抽机会去了趟镇上，他找到那家鲜花店，说情愿不要工钱在这里打半个月的工，那里的老板愉快地答应了。在无数次的观察后，他终于发现了关于磁场和生命的规律。原来，他的磁铁摆放的位置存在疏漏，呈不规则状态，而磁场若要形成一个巨大的能量必须要摆放均匀一致且精确的计算。

他喜出望外地回到家里，废寝忘食地继续实验。半月后的一个早晨，他惊喜地发现，那里的叶子竟然生出了根，接下来，他没有停下奋斗的步伐，而是一日日地观察、研究。终于半年后，叶子长成了一棵棵小树，真是柳暗花明。

他利用这样的原理，开始在贫瘠的土地上种植叶子。叶子低小，可以躲避大风的袭击，只是死亡的颇多，但肯罗有恒心和耐心，他不停地种植，风不停地袭击。一年后，努力还是压倒了风力，这里已经成了一片绿的海洋。

政府开始关注这里的生态环境。在政府的支持下，肯罗大张旗鼓地开始种植叶子的进程，许多位热心人也加入进来。三年不行五年，五年不行七年，十年过去了，这里开始出现鸟的叫声，开始有灵气和生机，一大片人造林形成了一道道屏障，阻拦着险象环生的风沙。

他父亲的呼吸道疾病竟然奇迹般地好起来，他每天都处在清新无比的空气和阳光里，自然有助于他的健康。

政府授予肯罗一枚绿色奖章，这里的人们称他为“带来绿色的使者”，肯罗下决心将有利于人们身心健康的环保事业做上一辈子。

生命难免会处在寸草不生的高原，我们的人生经常会出现青黄不接。许多人在我们的前面倒下去，只是因为他们缺少一颗让土地生金的决心，帆可以被风击碎，但眼睛却无时无刻不在寻找那座到达成功彼岸的灯塔。只要我们奋勇向前，叶子照样可以在贫瘠的土地上亭亭如盖，生命也能够在冰冷的荒原上灿若桃花。